紅い糸のその先で、

優衣羽

角川文庫
22136

目次

この運命を結んで欲しい。
この苦しみを解いて欲しい。
縁もゆかりも関係ない、
君とこの先の人生を紡げるのなら、
いつかそれが
運命だったと言える日が来るまで共にいよう。

糸のない人

運命なんて身勝手で酷《ひど》い言葉だと思う。運命を信じたら、全ての事柄は運命によって作られたものだと言えてしまうからだ。それでも、私たちは運命という言葉に惹《ひ》かれてしまう。運命の相手がこの世界に存在していつか自分の前に現れる。そんな夢物語を信じ続ける。関係ないと言った誰かも、最愛の存在に巡り合えた時、出会えたのは運命だと口にするだろう。

流行《はや》りのラブソングは有り触れた恋を運命だと歌い、結ばれる事が、最初から決まっていたかのように話す。小指から伸びた紅《あか》い糸が、どこかの誰かと繋《つな》がっていて、その相手こそが運命の相手だなんて笑い話もいい所だ。しかし、それを笑えない自分がいる。

机の上に置かれたペン立てから定規を手に取る。小指の結び目から定規を当てる癖はもう直らない気がした。長さにして約七・五センチ。今日も変わらない長さに安堵《あんど》する。

断言しよう。運命の紅い糸は存在する。全ての人間に、左手小指から紅い糸が伸びている。触り心地はサテンのようにツルツルしており、先は薄っすら透けて、背景に同化し、消えている。

この糸が一本に繋がる瞬間、それは運命の相手が近くにいる時だった。馬鹿げていると笑えばそれで終わるのかもしれない。しかし、私の目には間違いなく紅い糸が見えている。小さく細かい糸がいくつも折り重なって出来た糸は、人を縛る呪いにも見えた。

定規を戻して、真新しいブレザーに腕を通し電気を消す。青白い部屋に、糸がやけに目立って見えた。

「見えなければいいのに」

玄関を出れば桜がアスファルト一面に散っていて花の絨毯《じゅうたん》を作っていた。薄桃色が世界を支配している。新品のローファーが汚れるのを躊躇《ためら》ったが、一歩ずつ地面を踏みしめれば水音が鳴った。前日降った雨のせいで地面がぬかるんでいるらしい。

上空は雲一つない晴れ間が広がっていて、新生活を始める第一歩が、晴れやかで鮮やかな日であった事に微《かす》かな喜びを抱いた。

桜の咲き誇る春の朝は、制服を着た大人になれない子供たちがどこか緊張した面持ちで歩いていた。大方、新しいクラスへの期待や不安を抱いているのだろう。ふとすれ違った男女はそんな悩みなどないと言わんばかりの表情で別の話をしていた。

「白いけどな、桜」

他校の制服を着た男女は、私の進行方向とは逆の道を歩いて行った。確かにソメイヨシノは薄桃色だから、陽の光に当たれば白く見える。目の前に散っていった花弁《はなびら》が太陽に反射し、まるで春に舞う雪のようだった。その光景に目を奪われ足を止めていたが、我に返り急ぎ足で歩き始める。早めに家を出たのに、遅れては意味がない。

住宅街を抜け、まだ開店作業をしているのであろう、シャッターだらけの商店街を通り少しだけ歩いて、開けた道に出る。目の前には踏切と無人駅。電車は単線で、本数も少ない。寂れた駅は遠目で見ても分かるくらい、生徒で溢《あふ》れ返っていた。電車通学じゃなくて良かったと心底思う。毎朝あの人混みの中、通学しなければならないなんて苦痛で仕方ない。

電車通学の生徒を横目に見ながら、建付けの悪い古びた踏切に足を踏み入れる。急ぎ足で渡り切れば背後で音を鳴らしながら遮断機が下りていく。どうやらギリギリだったらしい。

開かずの踏切として有名なこの場所は遮断機が下りてから電車が来るまで随分と時間がかかり一度逃せばしばらく開かない。どう考えても踏切を見直すべきだと思う。絶対に老朽化が原因だ。

踏切が改修工事されますようにと願いながら道なりに歩いていくと、少し古びた大きな校舎が見えた。偏差値は標準、ごく普通の有り触れた公立高校、算星《さんせい》高校は私が今日から三年間通う高校だった。何の変哲もない高校に向かって歩いていく生徒が着ている制服は、男子が学ラン、女子がブレザーなので、同じ高校の生徒でないように思えた。

校門を抜け、広間に張り出された新入生用のクラス表に向かう。しかし、人だかりが出来ていて全く見えなかった。仕方なく人の波を縫って中に入っていく。ぎゅうぎゅうになりながら、急いで自分の名前を探した。名字を口にしながら大量の名前を目で追っていると、隣から女の子の声が聞こえた。

「瀬戸《せと》つむぎちゃん?」

「え?」

驚いた私はクラス表から目を離し、声の主を見た。視線の先に、見知らぬ女の子が笑っている。

「瀬戸、瀬戸って呟《つぶや》いていたからそうかなと思って」

彼女はクラス表の真ん中の方を指差す。そこには『一年C組十五番、瀬戸つむぎ』と書かれた自分の名前を見つけた。そして下に指を滑らした。

「私、貴女《あなた》の後ろなの。苑田由佳梨《そのだゆかり》」

彼女は私の手を取り人混みから抜け出す。潰《つぶ》れそうになりながらも、何とか脱出することが出来た私たちは、大きく息を吐いた。しばらくは味わいたくない感覚だった。

「潰れる所だったね」

乱れた髪を直した彼女は、手を差し出して改めてよろしくと言い微笑んだ。握手を求められている事に気付いた私は一瞬、その手を取るのを躊躇ったが、振り払う気にはなれず自分の右手を差し出した。下げられた左手の小指には、やはり糸が見えていた。なるべく人と関わらないようにと決めていたのに、早速握手をしている辺り、意志が弱すぎる。自分で呆《あき》れてしまうくらいだ。しかし、好意を持って近づいてくれた人を無下に出来るほど酷い人間にもなれなかった私は、彼女と一緒に教室に向かった。

校舎は階数ごとに学年が決まっているらしく、下駄《げた》箱で靴を履き替えた時、彼女が私たちは二階だよと教えてくれた。聞く所によると、兄が去年までここに通っていたらしい。姉と違う高校の私には、そういった情報が手に入らなかったので、彼女の豆知識はありがたく思えた。

「でも良かった。たまたま隣にいた子が前後の席だとは思わなかった」

「私も驚いた」

嬉《うれ》しそうに話す彼女は年相応の女の子で、自分とは違うタイプの人間だった。しかし、それを不快には思わなかった。

「まさかこんな可愛い子と友達になれるとは思わなかったよー」

「お世辞ありがとう」

「お世辞じゃないよ、肌も白いし羨《うらや》ましい」

私なんて見て、と言いながら自らの肌と比べる彼女に、私の肌が白いから赤色が似合うと言った記憶の中にしかいない人が脳裏をちらついた。仲良くなり過ぎないように。頭の中で、自分の声が反響した。そんな事は分かっている。何事もなく、穏便な生活を送るために、線引きしなければいけないのだ。楽しそうに笑う彼女を見れば、踏み込み過ぎないようにと再び自分の声が聞こえて頭《あたま》を振った。

一年C組と書かれた表札の下、扉を開ければ数十人ほどの人がいた。席の数を見るに、クラスメイトは四十人ほどのようだった。一学年八クラス、公立にしては人数が多い方なのかもしれない。自分の席を見つけ座れば、後ろに座った彼女が早速話を始めた。他愛もない会話をしていれば、教室の扉が大きな音を立てて開く。顔を向ければ爽《さわ》やかなスーツ姿の若い男性が入ってきて自己紹介を始めた。

「クラス担任の菱川徹《ひしかわとおる》だ。これから一年よろしくな」

元気に挨拶《あいさつ》をした教師の薬指には新しそうな指輪が光っていて、結婚している事が一瞬で分かった。その隣の指から伸びている糸が奥さんに繋がっているのかは不明である。初対面の相手の左手小指を見るのは、もう治らないだろう。

なぜ、糸が見えるのかは分からない。物心ついた時から見えているから、きっかけも理由も分からないままだ。世界には色々な人がいるから、自分もそのうちの一人だと思って納得するしかなかった。

運命の紅い糸は絶妙に使えない能力だと思う。他人の糸に触れ、引っ張るなどの干渉は出来るが、する気は出るはずもなかった。見えると言っても、全てが見えるわけではない。運命の相手は近くにいないと繋《つな》がっている事が分からないのだ。だから、自分の運命の相手も分からない。全く使えない能力である。

「今から入学式に出るから体育館履きを忘れないように。入口の前で履き替えるからな」

鞄《かばん》の中に入れていた自分の体育館履きを手に取り、先生の指示で廊下に二列になって並ぶ。私の隣はやはり彼女であった。

私を含む新入生のほとんどが、まだ制服に着られているような様子だった。何ヶ月か経てば、そうではなくなるだろうか。真新しいブレザーは固く腕が動かしにくかった。

体育館前に辿《たど》り着き体育館履きに履き替える。周りは人がごった返していて気を抜けばもみくちゃにされてしまいそうだった。本日二度目の人混みで、私の気は確実に滅入《めい》っていた。上履きを袋に入れた時、解《ほど》けそうな靴紐《くつひも》が目に入る。潰れる前に結びなおしてこの場を離れなければと、急いで蝶々《ちょうちょう》結びを作った、その瞬間だった。

背中に衝撃が走り、身体が前に傾いた。バランスが取れず、慌てて前に手を伸ばすも持ち直せない。これは駄目だ。衝撃に備え目をギュッと閉じた時、何かが私を包んだ。そして、左手が握られた。転ぶはずだった身体が、誰かによって支えられている。いや、抱き留められている。背中に回された手の感触が、それを教えてくれた。

驚いて目を開ければ、目の前は黒だった。視線を落とせば、左手が自分より大きい誰かの手を握っている。服の袖《そで》からこれが学ランであると気づき、自分を抱き留めたのは男子生徒だと分かり、驚いて顔を上げた先、目が合った人物は瞳《ひとみ》を大きく見開いていた。前髪がワックスで上げられていて、広めの額に垂れ目がちな目の下には隈《くま》があった。背は高めで、制服に着られているようには見えない。年上の人だろうか。その人は何度も瞬《まばた》きをして驚いた顔で私を見ている。我に返った私は急いで彼から離れた。背中に回されていた手が、緩やかに宙に落ちていくのが分かった。

「あの、ごめんなさい。大丈夫ですか？」

恥ずかしい。相手の顔が見られない。まさか、助けてくれたのが見知らぬ男子生徒だとは思わなかった。知らない人と密着してしまった事実は、私の心臓を速くさせた。こんな所で転ぶのも恥だ。視線を向ければ、その人はセットした前髪をぐしゃぐしゃにしてから、あー、と間延びした声を出し、こちらを見て大丈夫と言った。そして気の抜けたようなへらっとした笑みを浮かべた。

「気を付けて」

じゃあ、と言って一足先に会場に入っていったその人を、ただ立ち止まって見送る事しか出来なかった。不思議な雰囲気を持つ人だった。緩そうで、落ち着いた声で、へらっと笑った表情は少し間抜けであったが目の下の濃い隈がそれを否定しているかのようだった。

立ち尽くしていた私に気付いた由佳梨ちゃんが、私を引っ張って大丈夫？　と声をかけてきた。彼女の言葉に頷《うなず》き列に戻る。今日の私は引っ張られてばかりだ。

入学式が始まってからも、先程の人物が頭から離れる事はなかった。

式が終わり教室に戻った後、後ろの席の少女は呆《ほう》けた様子で宙を見ていた。明らかにおかしいその姿に、思わず眉《まゆ》をひそめていれば、突然口を開いて思いもよらない発言をした。

「一目惚《ぼ》れをしたの」

「この短時間で？」

思わず聞き返せば彼女は宙を見たまま何度も頷いた。話を聞くと、壇上に上がったどこかの委員長に恋をしたらしい。睡魔と必死に戦っていた私にその記憶はなかった。多分、途中で眠ったと思う。

恋だよと、うわ言を呟く彼女を見て思わず苦笑した。人はこんなにも早く誰かを好きになれるものなのか。呆れるよりも感心してしまった。一目惚れをした相手が彼女にとって運命の相手であればいい。そんな確率は無いに等しいが。呆けている彼女を横目に見ていれば先生が入って来てオリエンテーションが始まった。

自己紹介が始まって、クラスメイトが話している中、私はずっと人との距離感、関わり方など別の事を考えていた。干渉しないように、踏み込まないように、穏やかな日々を過ごすため、自分に出来る事をしないといけない。そんな事を考えていれば、いつの間にか帰りのホームルームが終わった。

通学路が新しく知り合った人たちと同じでないのは私にとって救いだと思う。校門を出て、ほとんどの生徒は駅へ向かう。しかし、徒歩通学の私は、彼らとは反対の方向へ向かっていく。今朝ギリギリだった踏切を渡って、シャッターが開いた商店街を抜ければ道が左右二手に分かれる。右がマンションやビルが立ち並ぶ都会的なエリアで、大きな駅があり、人が多い。左には一軒家や低層住宅、個人経営のお店やレストランが多く、もう一つの道とは打って変わった印象があった。こちらの通学路を使う生徒は学校の近隣に住んでいるか別の路線を使う生徒だったため、あまり人がおらず、歩いていても、同じ制服の生徒は一人、二人くらいしか見かけなかった。

徒歩通学の私だが、学校の方面にはあまり足を伸ばした事がないため、全てが新鮮な景色に思えた。通学路の一つである商店街も数えるくらいしか来た事がない。家の近くはビルが多く、買い物をする場所はスーパーがほとんどだったので、取り扱っている食品ごとに店が違う商店街はとても不思議な感じがした。

これから見飽きるまで通うのだと考えたら、少し楽しくなった。この先の高校生活が可もなく不可もないような、何の変哲もない有り触れた物であればいい。春の陽気に目を細めながら、商店街を軽快な足取りで抜けていく。高校生活初日が幕を閉じた。

それは高校生活が始まって一週間が経った午後の事だった。ロングホームルームが終われば帰れる。座学ばかりで凝り固まった身体を軽く伸ばしていた時、後ろの席の由佳梨ちゃんが耳打ちをしてきた。

「つむぎちゃん、委員会入ろうよ」

黒板にはいくつかの委員会の名称が書かれていた。そう、今日のロングホームルームは委員会を決める時間であった。名称が書かれた下には人数が書かれている。男女一組のものや二人であれば縛りのないもの、どれも私には縁がなかった。

可能な限り人と付き合いたくない私にいる友人と言えば由佳梨ちゃんくらいだった。クラスメイトとは会話をするが遊びの誘いは決して乗らなかった。わずか一週間、されど一週間。私は嫌われてもいないが好かれてもいない、そんな立ち位置を確立した。このままそれが三年間続いていけばいいと思っていたが、委員会に入ろうという彼女の提案は私にとって頷きがたいものであった。

全クラスから二人ずつ、合計で四十七人の人たちと少なくとも一ヶ月に一回は顔を合わせなければならず、入る委員会によっては当番が存在するので、どう頑張っても人と付き合わなければならないのだ。

「私はいいよ」

彼女の提案に首を横に振り身体の向きを戻した。いいよ、と言うより嫌だ。私はこのまま部活動も委員会も入る事なく学校生活を送りたい。可能なら空気のような存在になりたい。しかし、彼女の友人になってしまった以上、人と関わるのは避けられないようだった。

由佳梨ちゃんは明るく活発で人と話すのが大好きな女の子だった。私以外にも友人が沢山出来たようで、昼食時には男女関係なく人に囲まれている。私も何度か誘われてその中に入ったが、あまりいい気分ではなかった。紅《あか》い糸の影響もあるが、生来人があまり好きではないのだ。大勢でいるよりも一人でいる方がいいし、一緒にいる必要も感じられなかった。由佳梨ちゃんの事は嫌いではないが、好きかと聞かれれば何とも言えない気持ちになる。正反対だ。仕方がない。

そんな事は露知らず、由佳梨ちゃんは私の肩を摑《つか》んで、お願いと高い声を出し、頭が揺れるまで激しく揺すってくる。私の首は何度も音を立てて上下した。目まぐるしい視界に必死で落ち着いてと声を振り絞れば、彼女は手を離して私の椅子を摑んだ。目を押さえながら身体を彼女の方に向ければ、両手を合わせ懇願するポーズを取っていた。

「お願い！　つむぎちゃんしかいないの！」

「由佳梨ちゃん他にも友達いるじゃん、綾瀬《あやせ》さんとか志田《しだ》さんとか」

二人を指差せば困ったような、呆《あき》れたような顔でこちらを見て苦笑いを浮かべていた。

「私は部活が忙しいから」

志田さんは中学時代から続けていたというバレーボール部に入ったらしい。確かに運動部は忙しいだろう。

「私は図書委員会に入りたいんだ」

綾瀬さんは男女一組と書かれた黒板を指差す。入りたい委員会があるのなら仕方ない。

しかし、私は避けたいのだ。何かしらの適当な理由をつけて、彼女の誘いを断りたい。

だが、何故そこまで必死になるのか。その理由が気になって話を聞いてみたが、返ってきた答えはありがちな言葉だった。

「だってこの前見た先輩がそこの委員長なんだもん！」

ほれ見た事か。思わず心の中で悪態をついた。夢見る乙女だ。大体、相手と糸が繋《つな》がっているかも分からない、憧《あこが》れと恋を履き違えているだけかもしれない。そんな理由に付き合う義理はどこにも無かった。

「立候補したら？　他にも誰かやりたい人がいるよ、きっと」

「無理だよ！」

「どうして？」

彼女は胸元のリボンを整えた。そういえば、こんなにきっちりと制服を着こなしていただろうか。少なくともシャツの一番上のボタンは開いていた気がする。リボンも少し緩めでスカートは年相応の女の子が好むような丈であったが、今日の彼女はほとんどの人が避けたいであろう正しい制服の着方をしていた。

「だって風紀委員だもん、皆入りたくないよ」

零《こぼ》れ出しそうな溜息《ためいき》を飲み込んだ。頭を抱え何とかこの窮地を脱するための案を考えたが、思いつきそうにもなかった。

風紀委員会は多くの生徒にとって避けたい委員会であろう。私自身も、書いてある委員会の中で一番避けたいものであった。公立である算星高校は制服の着方に対してそれほど厳しくはない。女子のブレザーの中に着るセーターの色に指定はなく、スカートも特別短いわけでなければ文句は言われない。頭髪は基本地毛がよしとされているが、校則が緩い公立高校のため、茶色い髪の人もチラホラ見かける。そう、服装検査の時以外。

三日前、服装検査を体験したが、校門の前に立っている風紀委員というワッペンをつけた生徒たちが服装を指導していた。私は捕まらなかったが、多くの生徒が指導の対象になっていた。それを見て面倒だと心底思ったのだ。そんな真面目な集団に自ら入る気は起きない。

彼女が惚《ほ》れた委員長がどんな人間かは分からないが、きっと真面目な人物なのだろう。そうでなければ風紀委員会でわざわざ会長になんてならないはずだ。

「風紀委員会はちょっと……」

言葉を濁して黒板を見る。風紀委員会は二名であれば男女関係ないと書かれていて、思わず深い溜息を零した。

「それじゃあ委員会決めるぞー！」

菱川先生がチョークの粉を払って黒板を叩《たた》く。何とかして断らなければならない。どうするべきか考えている中、先生の口からは聞きたくない言葉が放たれた。

「ちなみに、俺は風紀委員会の顧問だからよろしく」

絶対嫌だ。両手で顔を隠し机に突っ伏した。一週間、先生を見てきたが、私とは合わない人間だ。スポーツが好きで正義感が強く真っ直ぐな人間、正反対だ。そんな人が顧問を務める風紀委員会に私が馴染《なじ》めるわけがない。嫌過ぎる。

「じゃあ放送委員会から……」

人気の委員会から人は埋め尽くされていった。中にはじゃんけんで決めている委員会もあった。皆精力的な事である。私は目の前で埋められていく黒板をただじっと見ていた。この場にいる全ての人と私の熱量が違う事には気づいていたからだ。

「次、風紀委員会。やりたい奴いるか？」

その声にぼーっとしていた意識を戻した。はい、と元気な声が聞こえて振り向けば由佳梨ちゃんが手を挙げていた。

「おお、苑田！　やってくれるか！」

「はい！　やります！」

「そうかそうか、じゃあもう一人は……」

その時、私の左手が挙がった。否、正確には挙げられたのだ。彼女の手によって。

「え……」

「瀬戸！　お前もやってくれるのか！」

「え、違う、違います！」

彼女の腕を払って手を下ろす。必死に誤解を解こうとするが、先生は聞く耳を持たなかった。

「嬉《うれ》しいなあ、風紀委員会なんてやりたい奴少ないから心配だったんだよ。なのに二人も手を挙げてくれるなんて……涙出そう」

「だからそうじゃなくて……」

「ありがとう瀬戸！　先生は、先生は嬉しい！」

感動して涙目の菱川先生に両手を握られ、否定出来なくなってしまった私は後ろを向いた。彼女は嬉しそうに親指を立てていて、もうどうしようもなくなってしまい、大きな溜息を吐いた。


「ごめんって」

「もういいよ」

放課後、委員会会議のため会議室に向かう私の背を追いかけながら、彼女はずっと謝り続けていた。

「だってもう決まっちゃったし」

謝るくらいならしなければ良かったのに。心の中でまた悪態をついては口に出すのを止めた。恋のために風紀委員会に入るなんて、風紀を正す側が風紀を乱しまくりである。風紀なんてあったものじゃない。頭の中で何個も思いつく悪態は変わらず口から零れる事はなかった。

昔からそうだった。紅い糸が見えるのを誰にも信じてもらえなかった私は、人と距離を置くようになった。誰に対しても笑顔で接し、決して深い仲にはなろうとせず、心の中で悪態をつき続けた。いつしか八方美人と言われ、人に悪口を言われるようになったが、誰かの運命に深く干渉しないで済むのと比べれば大した事はなかった。

　悪口を言われるのは嫌だ。誰だってそうだろう。だからといって近しい存在になればなるほど、私は糸の存在を理解して欲しいと思ってしまうのだ。けれど、それは出来ない。他の人の目に、この糸は映らない。理解されないのを、充分に分かっていた。

　今回の件も、本当は馬鹿じゃないのと言って怒ってやりたい。だが、本音を出す気にはなれず、決まってしまった決定には抗《あらが》えず、諦《あきら》めてやる気のない足を動かし、三階の端にある会議室まで歩いていた。

「つむぎちゃんは他にやりたい事なかったの？」

「ないよ」

「部活は？」

「入る気ないかな」

「バイトとか」

「今考え中だけど工場勤務とかがいいくらい」

「私は駅前のドーナッツ屋さんでしたいんだよね」

「あそこの制服似合いそうだね」

　駅前のドーナッツチェーン店の制服は黄色が主体で、彼女の明るい性格に似合うような気がした。それを着て働いている彼女が容易に想像出来る。

「つむぎちゃんは可愛いカフェとかの制服が似合うと思うんだけどな」

「そう？　折角可愛い顔してるのにもったいないよ」

冗談かは分からないが、由佳梨ちゃんは何かと私の事を可愛いと言ってくる。本心から思っているのか、別の感情が混じっているのかは分からない。後者でない事を願うばかりだ。褒められると嬉しい反面反応に困る。女子の世界は自分より秀でた人間に対して厳しいので、いつ如何《いか》なる時でも謙虚さを忘れてはならない。間違っても、自分が可愛いとは言ってはいけない。面倒な世界である。

母そっくりの顔をあまり好きになれなかった。母は歳を重ねても美しく綺麗《きれい》であるが、本人の性格や不倫の件もあって好きにはなれずにいる。だから、顔が可愛いと言われるのは、私にとって、母に似ていると言われている事と同義であった。

あんな人にはなりたくない。子供の頃からずっと思い続けている。自分の事しか考えていない、自己中心的な人だ。あの人が不倫なんてしなければ、両親の糸が繋がっていれば、私の帰る家はあんなにも冷たくなかったのかもしれない。

そんな事を考えながら、そうでもないよと口にした。否定する事で面倒から逃れられると知ったのは数年前からだったと思う。

廊下の先、第二会議室という文字が見えて指を差す。

「あそこだ」

「緊張するー！」

「似合わないよ」

会議室の扉を開ければ、中はキャスター付きの机で長方形が形作られていて、人数分の椅子が並べられており、何人かが既に腰かけていた。机の上にはクラス番号が書かれた紙が置かれていて、私たちの席はホワイトボードの正面だった。

椅子に腰かけ、周りを見渡す。風紀委員は真面目なイメージがあったが、全ての人がそうではないらしい。じゃんけんで負けたのであろう不服そうな顔をした人が数名いて、分かると心の中で共感した。元々人気のない委員会だ。服装検査や、やらなくてはいけない当番の時以外は、皆普通に学校生活を送っているのかもしれない。右斜め前の席の男子生徒は学ランの袖《そで》を捲《まく》り上げ、いかにも不服であるという態度で足を組んでいた。

周りを見渡しながら、続々と入って来る人の小指を見てしまうのは悪い癖だろう。全ての人に紅《あか》い糸は結ばれていたが繋《つな》がっている人はいなかった。それもそうだろう。この狭い教室の中で運命の相手同士がいるのなら、それは奇跡に近い。それすらも運命なのだと誰かは言うだろうが、世界に七十七億人以上の人間が存在するというのに、運命の相手が小さな教室の中にいるわけがないのだ。

そう思っていた。

席の八割が埋まった時、会議室の扉が音を立てて開いた。そこには学ランをしっかり着こなした黒髪短髪で爽《さわ》やかな好青年が立っていた。彼は私たちを見るなり微笑み、ホワイトボードの前、私たちと対岸である席に座った。

「あの人！」

由佳梨ちゃんが耳打ちをする。なるほど、彼が例の委員長らしい。スポーツでもやっているのだろうか、学ランの上からでも分かる締まりのいい肉体に、アイドル顔負けのパッチリした目元。人気がありそうだ。現に、彼が入ってきてから女子生徒の多くが彼に視線を向けている。女子生徒の中には彼女と同じように、委員長目当てで入ってきた人も少なくないのだろう。

「もうすぐで始まる時間なんだけど、連れがまだ来ないんだ」

彼は知り合いであろう近くに座っていた女子生徒に話しかける。女子生徒は吊《つ》り目気味で狐顔の美人であった。きつそうだが綺麗な人である。高い位置で結ばれたポニーテールが、より彼女の目を吊り上げているような気がした。彼女はまた？　と眉《まゆ》をひそめた。

「あの馬鹿また遅れるの？　一緒に教室出てきたんじゃないの？」

「途中でまた後でって言って消えたんだ。まあいつもの事だから気にしてないが」

「縁樹《よしき》が甘いからよ」

「でもちゃんと来るしいいかなって」

ふと、委員長の小指から赤い糸が垂れ下がっている事に気付いた。その糸は長く続いて机から床へ伸びている。私は目で辿《たど》った。もしかすると、彼の運命の相手がこの教室にいるのかもしれない。触れる事はしたくなかったので目で糸を辿っていく。糸はこちらの机までやってきていた。そして、彼の事を見つめていた苑田由佳梨に繫がっていた。

「?　どうかしたの?」

　まさかの展開に開いた口が塞《ふさ》がらなかった。彼女が一目惚《ぼ》れをしたという相手が運命の相手だとは何という必然か。

「……何でもない」

　これで彼女の一目惚れが成就し、幸せになる事が確定した。何とも羨《うらや》ましい。好きだと思った相手と繋がっていたならこれほどまでに幸せな事はないだろう。私の糸の先はまだ見えないけれど、もし自分が好きだと思った相手に繋がっていたなら、きっと嬉しくて仕方ない。大きな問題がない限り彼女は彼と幸せになれるだろう。

「良かったね」

「何が?」

「色々と」

　由佳梨ちゃんは不思議そうな顔でこちらを見た後、また委員長に視線を戻した。時折目が合っては照れたように顔を逸《そ》らしている姿を見て、恋する乙女の典型的な例だと思った。

　午後四時、会議が始まると委員長が立ち上がって声を発しようとした時、扉が開いた。視線が一斉に扉に向く。釣られてそちらを見れば、そこには見覚えのある男子生徒が立っていた。

「あ……」

思わず口から声が漏れた。茶髪気味の上がった前髪、広めの額、垂れ目がちな目、気《け》怠《だる》そうな表情、隈《くま》は前に見た時よりいっそう深くなっていた。学ランの前を開けシャツの一番上のボタンを外したその人はポケットに入れていた手を出し、へらっと笑いながら手を振る。入学式で会った人だった。

「ごめんごめん」

明らかに誠意が籠《こも》っていない謝罪だった。しかし、慣れた事なのだろう。委員長は遅いぞと言って笑った。

「どこに行っていたんだ？」

「んー、睡眠かな」

「またか、それだけ寝ているのにその隈はどうして取れないんだろうな」

「俺一日十二時間は寝ないと無理だから」

「冗談言ってないで早く座りなさいよ」

先程委員長と話していた女子生徒が話に加わり、彼は女子生徒に同じように誠意の籠っていない謝罪を口にした。その時、菱川先生が教室に入ってきて立ちっぱなしだった彼を見て、持っていたファイルで頭を軽く叩《たた》いた。

「いてっ」

「架間《かざま》！　お前また遅れたな？　いい加減その遅刻癖直せって言っただろう」

「いや、今回は間に合ってるよ。四時ぴったり」

腕時計を見せつけたその人に先生は呆《あき》れた顔をして座れと促す。はーいと気の抜けた返事をした彼は私の目の前の席についた。

そして、目が合った。彼は初めて会った時のように驚いた様子で目を見開いてこちらを見た。ぶつかってしまった時の事を憶《おぼ》えているのだろうか。しかし、委員長の一言で私たちの視線は外れた。

「じゃあ風紀委員会最初の会議を始めます。一年生の人たちは初めまして、委員長をしています三年C組の泉《いずみ》縁樹です。で、こっちが副委員長の」

委員長は親指で隣に座ったその人を指差した。

「同じく三年C組の架間解人《かいと》です、よろしく」

気の抜けた笑みを浮かべた彼の名前は架間解人というらしい。紹介の後、また目が合った。

「書記を二人決めたい。一人は毎年やっている芳賀《はが》に頼みたいんだが、他にやりたい人はいるか?」

芳賀と言われた人は先程の女子生徒だった。もう一人と聞かれた時、皆が手を挙げなかった。出来る限り面倒事は避けたいのだろう。いい選択だ、私も同意する。しかし、彼女にそれは通用しなかった。

「あの、私やりたいです」

天高く挙げられた手は曲がる事なく直線を作っている。やる気の入った挙手をした由佳梨ちゃんに脱帽した。とにかく自分を売り込んで認知してもらおうと必死だ。そこまでの熱意に私はもう凄《すご》い以上の言葉が出なかった。頑張らなくても二人は結ばれる運命にあるので、努力しなくても良いと思うのだが、紅い糸が視認出来るのは私しかいないため、彼女にとってこのポジションを獲得するのは最重要事項であるのかもしれない。

「ありがとう！　君、名前は？」

爽やかな笑顔に当てられて言葉に詰まった彼女の背を軽く叩く。それに反応して由佳梨ちゃんは口を開いた。泉先輩の笑顔は見る人を魅了するものがあるらしい。私以外の女子生徒は皆、今の笑顔にやられて呆《ほう》けてしまっていた。

「一年C組、苑田由佳梨です！」

「苑田！　ありがとう。芳賀も書記でいいか？」

「構わないわ。三年B組の芳賀奈緒《なお》です、よろしくね」

「は、はい！」

見事書記のポジションを獲得した彼女は委員長からノートを受け取り、会議内容を記入し始めた。しかし、今日は顔合わせみたいなものなのでこれと言って重要事項はないのだが、やる気満々であった。

もう一人の書記である芳賀先輩はホワイトボードに美しい字を並べていった。教科書のように読みやすい字だ。対して由佳梨ちゃんの字は丸文字で、一生懸命だから仕方ないと思ったが読みにくい事に変わりはなかった。

軽い自己紹介をした後、風紀委員会の主な活動内容、当番を決めるという。自己紹介は聞き流していたが、自分の番になったので一生懸命な彼女から視線を外して前を見る。また、架間先輩と目が合った。

「一年C組の瀬戸つむぎです。よろしくお願いします」

愛想のない挨拶《あいさつ》をし、軽く頭を下げる。顔を上げた時、まだ先輩は私を見ていた。

「活動内容は……」

配られた資料に目を通しながら委員長の説明を聞き流す。一ヶ月に一度の服装検査は風紀委員全員で行う事、朝と放課後、当番を決めて校門に立って生徒に挨拶をする事、体育祭や文化祭などのイベントの際生徒の風紀が乱れないよう交代で巡回をする事などが書かれていた。

風紀を乱す考えを持った少女が隣にいるが、ここで言う風紀は、どちらかというと服装の事を指しているようだった。しかし、ここは公立高校。華美過ぎなければ風紀委員の出る幕はない。朝と放課後、当番を決めて校門に立って挨拶をするとは誰が決めたシステムなのか教えて欲しかった。そして需要があるのかも教えて欲しい。私は朝が苦手なので可能な限り朝の当番は避けたかったが、一ヶ月ごとに朝と放課後の当番を交代して挨拶活動を続けるらしい。一週間に一回決められた曜日に当番四人ほどで挨拶活動をする。時間にしては十分にも満たないが、私にとっては結構な苦痛であった。

今日はその当番を決めるらしい。残念だが風紀委員になってしまった事はもう変えられないので、大人しく当番決めに参加した。

「希望の曜日はあるか？」

芳賀先輩が月曜日から金曜日まで書き出していく。メンバーが変わらないのなら、クラスごとに固まっていた方が連絡も取りやすく、やりやすいだろう。特に希望の曜日が無かったので隣でノートと睨《にら》めっこしている由佳梨ちゃんに問いかけてみたが、今集中しているから話しかけないでと言われた。一体何をそこまで集中する事があるのかは謎である。

残った場所にするかと考えホワイトボードを見た。案の定、クラスで固まって当番を埋めていた。余りの曜日を見れば金曜日の放課後が空いていた。一ヶ月後には金曜日の朝になる当番だ。決めていない他の二人は誰だろうか。名前を見ていくと泉先輩と架間先輩の名前が見当たらなかった。

「俺らは余りでいいよ」

架間先輩が頰杖《ほおづえ》をつきながら口角を上げていた。普段から笑っている人なのだろう、先程からよく笑っている姿を目にした。そうなると、と思った私はノート記入に必死になっている由佳梨ちゃんの肩を叩く。何？　と声を上げた時、被《かぶ》せるように泉先輩の声が聞こえた。

「じゃあ余りは瀬戸と苑田だから、俺たちと一緒の当番でいい？」

大声を出そうとする彼女の口を押さえながら私は頷《うなず》いた。これも紅い糸効果なのかは分からないが、嬉《うれ》しくてテンションが上がっている由佳梨ちゃんに声のトーンは抑えようよと耳打ちすれば、彼女は自分の口を手で押さえながら溢《あふ》れ出る感動を堪《こら》え、激しく頭を縦に振った。色々熱量が高い人である。

ふと、また架間先輩と目が合った。目の前にいるからよく合ってしまう。気まずくて視線を机の上に落とした時、先輩の左手小指が目に入った。

「あれ……」

そこには全ての人に存在している紅い糸が無かった。しかし、小指は赤くなっている。先輩に気付かれないように指を凝視すれば、それはまるで跡のようだった。幾重も重なった跡は、まるで糸がそこにあったと証明しているようだった。

どういう事だろう。これまでの人生で糸が無い人間なんて見た事がない。ましてや糸があったであろう結び跡なんて目にした事もない。

先輩の糸は誰と繋《つな》がっていたのだろう。解けて身体に影響はないのか。会議をそっちのけで、架間先輩の指を見ながら今までの経験を思い出し、糸について考えていた。結ばれていたはずの糸はどこに行ったのだろう。たまに、床に紅い糸くずが落ちているのを見るが、あれはいくつもの細い糸が折り重なって出来た紅い糸の抜け落ちた一部だ。何本もの糸が集まって出来ている物だから、ほつれたり、一部が抜け落ちてしまったりしてもおかしくはない。落ちた所で大元の糸が存在する限り、運命は二人の間にあり続ける。

しかし、先輩はどうなのだろう。まさか見えているわけではないだろう。もし見えていたとしても、自ら運命の相手を切り離すなんてしないはずだ。一度運命の相手と会ってどうしても気に食わなかったら別かもしれないが。

意味が分からなかった。突然目の前に現れた糸がない人間に、どんな反応をすればいいのか分からずにいた。伝えた所で信じては貰《もら》えないだろう。架間先輩が支障もなく生きているのなら問題ないかもしれない。

運命は絶対だ。誰の小指にもそれは存在する。運命から外れた人がいるのなら、糸が確かにそこにあったのならば、彼の繋がった先の人物も運命の相手がいなくなってしまった事になるのではないだろうか。しかし、運命から除外された人間なんてこの世に存在するのか。私が見た事のないだけなのだろうか。

これは私にしか分からない一大事であった。解けた糸を探して結んだ方がいいのかもしれない。何が起こるか分からない。腕を組みながら考えたが、人の運命には干渉しないと決めた事を思い出し、思考が停止する。解けた糸を探せるのは自分しかいない。しかし、糸を見つけて先輩の手に戻したとして、運命の相手はどう探せばいいのだろう。途方もない話だ。どこにいるか分からない、ましてや今知り合ったばかりの人間に対しそこまでの労力をかける気にはなれなかった。

見なかった振りをしよう。頭の中で出た一つの答えに納得し、うんうんと頷《うなず》決めた。

く。そもそも常人には見えないのだから、問題がなければそれでいいのだ。彼にかける義理はないし、本人たちだって必要としてないかもしれない。

「それじゃあ会議を終わります。来週の月曜日から当番しっかり守ってやってください」

解散の合図が聞こえ思考の世界から意識が浮上する。ノートと睨めっこしていた由佳梨ちゃんの記入はもう終わっていて、先生に記録したノートを提出しに行っていた。私は荷物をまとめて立ち上がり、貰った書類を鞄《かばん》に入れて会議室を後にしようとした。由佳梨ちゃんが泉先輩と話し始めたのが見えたので、邪魔をする気にはなれず、人の波に流れて出ようとしたその時、後ろから声をかけられた。

「瀬戸」

振り向けばそこに架間先輩が立っていた。

「入学式でぶつかったよね？」

「その節はどうも」

「怪我なかった？」

「はい、大丈夫でした。ありがとうございます」

「まさか同じ委員会だとは思わなかった」

「私は入る気なかったんですけどね」

彼女が、と言葉を続けて視線をやれば泉先輩と楽しそうに会話をしている姿が見えた。

「ああ、縁樹人気だしね」

「そうみたいですね。他の人たちも皆あんな感じでした」

「瀬戸は違うの？」

「私ですか？　確かに格好いいとは思いますけど、タイプではないです」

そもそも、友人の運命の相手を好きになるとは思えない。

「珍しいね」

「そうですか？」

「うん、縁樹男女関係なくモテるから」

「それは分からなくもないです」

好青年という言葉通りの人だった。老若男女関係なく好かれるのだろう。

「そっか、瀬戸も付き合わされたんだねご愁傷様」

「瀬戸も？」

「俺も三年間縁樹に付き合わされてここにいるから」

「それはご愁傷様です」

思わず手を合わせた。さすがにこれは同情する。光がある所に影があるとはよく言ったものだ。眩《まぶ》しい人の近くには必ず巻き込まれた人間が存在する。

「縁樹とは中学の部活で知り合ったんだけど、それからずっと巻き添え食らってるね」

「部活やってるんですか？」

「俺はもうやってないけど縁樹はハンドボール部に入ってるよ」

やってそうだ。再びそちらを向けば、同じく書記であった芳賀先輩も混じって三人で談笑していた。

「先輩は部活続けなかったんですね」

「自分の中で続けるに値しなかったからね。嫌いじゃないけど、高校で真面目に取り組む気にはなれなかった」

「分からなくもないです」

私も中学時代はテニス部で練習に明け暮れていたが、誰かの運命に関わってしまうのが怖くて上手《うま》くいかず、紅《あか》い糸が見え、部活動に支障が出まくったので高校では続ける気が起きなかった。

「あいつら話長そうだし先帰ろう」

先輩はスクールバッグの手持ち部分を両肩に通しリュックサックみたいに背負って会議室を出た。私は慌てて後を追う。歳が離れているからなのか、その背がとても大きく感じられた。

「瀬戸の帰り道はどっち方面？」

「私は踏切渡って商店街抜ける方面です」

「ああ、そこから街に行く方？　それとも反対側？」

「街の方です」

「俺反対側なんだよね」

階段を降りながら横に並ぶわけでもなくその背を眺めた。先輩は隣にいない事を特に気にしていないようだった。

「あそこの踏切は長いからね」

「そうですね。一度降りると中々開きませんからね」

あるある話を続けながら下駄《げた》箱に辿《たど》り着き、お互い自分のクラスの下駄箱に向かうため別れる。靴を履き替えながら、何故私は架間先輩と帰っているのかと正気に返った。人とあまり関わらないようにと決めていたのに、今日知り合ったばかりの男子の先輩と途中まで一緒に帰るなんて、一体どうしてそうなったのだろう。それも先輩が当たり前のように話を続けたからだ。先に帰ろうと言われ、返事を返していないにも拘《かか》わらず、その後続いた会話のせいで一緒に帰る羽目になってしまった。とんだ誤算である。

靴を履き替えて下駄箱を出れば一足先に外で待っていた先輩がへらっと笑った。断るつもりもないが、断れない雰囲気にされたのは確かだった。

共に校舎を出て他愛もない話をしながら踏切に向かう。止められる事なくスムーズに渡れたので、私たちは商店街を歩いた。時折、先輩がこのお店が美味《おい》しい、あそこがおすすめだという話を交えてきたので、私は相槌《あいづち》を打ちながら彼が示したものを見た。確かに、定番だが揚げたてのコロッケは美味しそうだった。機会があれば食べてみたいが、一人で買う事はないだろう。口にするのは随分先になりそうだった。

自分の家の方向にあるおすすめのお店の話や泉先輩の話、こちらから積極的に話す事はなかったが彼の話はどれも面白い物だった。話すのが上手な人だった。距離を縮める気が無かった私は自分の事を話さずにクラスの話をした。

　別れ際、帰り道を指差した架間先輩は手を振った。

「じゃあ金曜日からよろしくな」

「はい、よろしくお願いします」

　軽く会釈をしてその場を去ろうとした。しかし、思いついたような声がそれを阻んだ。

「あ」

「何ですか？」

　振り向いて先輩を見れば先程までの気の抜けた笑みではなく、少し眉《まゆ》を上げ、いたずらが成功した子供みたいな表情で自分の口の端を指で引っ張った。

「瀬戸さ、愛想笑い下手くそだからやるならもっと練習した方がいいよ」

　じゃあね、と言って去っていった彼の背中をただ呆然《ぼうぜん》と眺めていた私は言われた事を脳内で何度も繰り返していた。今、何て言った。やっと意味が理解出来た時、普段は隠しているはずの悪態ばかりつく私が顔を出した。

「は？」

　眉が引きつった。先輩には会話の中でしていた笑顔が偽物だと気づいたらしい。

「何だあいつ⁉」

　気づいていて話し続けていたのだ。最後の最後で言ってくるなんて、何て嫌味な男だ。

表に出て来なかった私が久々に顔を出して、先輩への不満を思いっきり叫んだ。何て腹が立つ奴だ。一時は紅い糸を探してやろうとも思ったが、絶対探さないと心に決めた。私の中で、架間解人という男は腹が立つ人間にランクインした。

「金曜日、会いたくない!!」

一歩先を行く人

　金曜日が憂鬱《ゆううつ》だった。朝が来て登校した瞬間、校門で当番の風紀委員がやる気のない挨拶《あいさつ》をしている。数時間後に自分も同じ場所に立って挨拶をしているのだと思うと気分が下がった。そして、彼がいる事で憂鬱はさらに加速した。

　一緒に帰った日から先輩とは顔を合わせていなかった。学年が違えば生活をしている階層も違うので、わざわざ赴かない限り会う事はほとんどない。私としても、それはありがたかった。もしこれが一緒のクラスであったら、ろくな事が起きなかったはずだ。

　私が愛想笑いをして多くの人と付き合っている事を、先輩はばらすのだろうか。それは避けたいが、からかわれるのも嫌だった。気づかれたくない一面を、知り合ったばかりの人間に知られるとは思わなかった。思い出すだけで眉間《みけん》に皺《しわ》が寄ってしまう。

　教室に入れば、由佳梨ちゃんが友人たちに囲まれて楽しそうに話をしていた。私の姿に気付き、手を振っておはようと挨拶をしてくる。校門で立っている当番の風紀委員たちに見習ってほしい挨拶だ。しかし、私も人の事は言えないので口にはしない。

「おはよう」

笑いながら挨拶を返したのは愛想笑いがどうのと言ってきた人間を忘れるためだ。私が近づかなければいい話だ。そうすれば平穏は保たれる。

由佳梨ちゃんの周りにいたクラスメイトたちにも軽く挨拶をして、何の話をしていたのか聞いてみる。特に興味があったわけではないが、女同士の付き合いの中で一番重要視されるのが聞くという行為だ。自分の事を話すよりも相手の話を聞いた方が、波風が立たない。全ての人間は、自分の話を聞いてほしくて堪《たま》らないからだ。

「今日例の先輩と一緒の当番だって話をしてたの」

返事をしたのは綾瀬さんだった。数日前の委員会決めで図書委員になった彼女は、自分の好きな本に囲まれて幸せだと話していた。大人しく、文学少女という言葉が似合う眼鏡をかけた女子生徒だった。

「朝から緊張しちゃって」

由佳梨ちゃんは少し赤くなった頰を隠すように、手を添えて片方の手で顔を扇《あお》いでいる。凄《すご》いな、運命の紅い糸の力。そう思いながら彼女を横目に見ていた。

紅い糸が繫《つな》がっている人たちを見るのはこれが初めてではない。祖父母、母と不倫相手、近所のカップル、テレビ越しでしか見た事のない人たち。何組かの例を見てきたが、紅い糸が繋がっている人間同士が会った瞬間を見るのはこれが初めてだった。ここまで効力があるものなのかと感心する。嬉《うれ》しそうにはしゃいでいるのは、彼女がまだ夢見る乙女である証拠なのだろう。

「てかさ、先輩に彼女いるかどうか知らなくない？」

夢見る乙女に横槍《よこやり》を入れたのは志田さんだった。バレーボール部に入った彼女は早速練習に明け暮れているらしい。忙しそうにしている所をよく見るが、大変努力家だと思う。何か一つに没頭し努力出来るほど夢中になれる物には出会えたためしがない。

夢見る乙女は一瞬にして青ざめて、どうしようとおどおどし、他の友人に抱き着いた。何とまあ、分かりやすい子である。人類全員が彼女のように分かりやすければ良かったのに。

三人の誰とも共通点がない私が何故一緒にいるのか、それは由佳梨ちゃんのコミュニケーション能力の高さとフレンドリーな性格のおかげだろう。明るく素直な彼女は多くの人から好かれ自分と系統の違う人とも仲良くなれる。入学してから日数が余り経っていないのにも拘わらず、同学年の全クラスに友人がいるというのだから驚きだ。何かしらの忘れ物をした際、彼女が別のクラスに借りに行っている姿をよく見る。勿論《もちろん》、私にはそんな相手もいないので忘れ物は絶対に出来ない。体操服を忘れた日には授業を休もうと思っているくらいだ。

綾瀬さんのように大人しく本が好きで控えめなわけでも、志田さんのようにスポーツが好きではっきりとした物言いをするわけでも、由佳梨ちゃんのように明るく天真爛漫《らんまん》なわけでもない。彼女たちの中で私がどう思われていて、どんな立ち位置にいるのかは分からないが一番冷め切っているのは私だろう。だって今、この瞬間でさえ、泉先輩と会えるのを朝から楽しみにしている彼女をどうでもいいと思ってしまっている。よくもまあ、朝からそんなに大きな声が出せるものだと感心するくらいだ。

泉先輩と言えば、この前架間先輩と一緒に帰った時、彼に彼女がいるのかと聞いた事を思い出す。

『何？　縁樹の事好きなの？』

『いや私じゃなくて、もう一人の子がお熱なので』

『なるほど。いないと思うよ、少なくとも俺は聞いた事ない』

「いないって言ってたよ」

「いないって言ってたって誰に聞いたの？」

しまった。いないと思うと言えば良かった。これでは先輩から聞いたという言及を免れない。

「もしかして架間先輩に聞いた？」

それ見た事か。私は心の中で自分の失態に対し頭を抱えた。

「そういえばつむぎちゃんこの前の委員会会議の後、私が泉先輩と話してたら先に帰っちゃったよね」

「帰ったね……」

由佳梨ちゃんが一歩ずつ距離を詰めてくる。一歩ずつ後ろに下がったが、ふと彼女の指から糸が伸びているのが見えた。

「一緒に架間先輩もいたのにいなくなってたよね？」

「いなくなったね……」

「一緒に帰ったの？」

背中に何かが当たった。それは教室に置かれたロッカーだった。これ以上後ろに下がることも出来ず、私はキラキラした目で見つめてくる彼女から視線を外して廊下を見た。

「……帰ったね」

「えー!!」

瞬間、三人が声を上げる。口を押さえる綾瀬さん、ニヤニヤする志田さん、そして私の肩を摑《つか》み必死に目で訴えてくる由佳梨ちゃん。

「何で？　どうしてそうなったの!?」

「いや、二人が話終わりそうになかったから……帰っちゃおうみたいな」

「先輩が言ったの!?　帰り道を一緒に……」

「途中まで一緒だったから……」

由佳梨ちゃんは天井を仰ぎ、一呼吸をした後口を閉じた。

「青春じゃんか!!!」

それは教室中に響き渡るような声だった。一斉にクラスメイトの目線がこちらを向く。視界の端に紅《あか》い糸がちらついて嫌な気分になった。

「え？　凄い羨《うらや》ましい。先輩と？　一緒に？　下校？」

「落ち着いて……別に何もないから」

「気になったとかないの⁉」

「ないよ、ない。全然ないから」

私をそっちのけで盛り上がる彼女たちに、女子高生のテンションを思い知らされた。

「恋の始まりはそんな所から……」

「ない。本当にないから」

「何でそんなに否定するの？　いいじゃん、ね？」

「うん、素敵だよ」

綾瀬さんと志田さんは私の否定を恥ずかしがって言っているのだと勘違いしている。

「この前会ったばっかりの人を好きにはならないよ」

「そう？　由佳梨みたいに一目惚《ぼ》れとかあるじゃん」

「私のタイプじゃないよ」

「じゃあつむぎちゃんのタイプってどんな人なの？」

何気なく聞かれた一言に、固まってしまった。私のタイプは、どんな人だろう。今まで運命の紅い糸の相手がタイプだと思っていた。今でもそう思っているが、言っても理解してもらえないのが現状だ。しかし、それ以外のタイプが見当たらない。

「顔とか、性格とか、雰囲気とかさ」

志田さんは椅子に座ったまま頬杖《ほおづえ》をつき、指を三本立てる。

「泉先輩は全部かな」

「あ、一目惚れ乙女には聞いてないから」

「酷《ひど》い！」

唇を尖《とが》らせながら私の返事を待つ由佳梨ちゃんに、何と返していいのか分からなくなった。どんな人だろう。運命の相手なら、幸せになれるならそれでいい。しかし、最低限の好みはある。

「……太ってる人はあんまり好きじゃない？」

「それは結構な割合の人が言う言葉だよ」

腕を組んで考えてみるが何も思いつかない。頭がいい、悪い、爽《さわ》やか系、ワイルドな人、彼女たちが出していく条件に頷《うなず》けなかった。

何でも良かった。盲点だ。特別格好いい人でなくても、頭脳明晰《めいせき》な人でなくても、運動神経抜群な人でなくても構わない。髪型も、体型も、清潔ならそれでいい。泉先輩のように、誰もが好きになるような人でもないのだ。

ただ私は、自分を大切にしてくれる人ならそれで良かった。

「私を大切にしてくれる人かな」

「大人な意見だね。由佳梨、見習った方がいいよ」

「何でよ！」

自分で出した答えに何度も頷く。それくらいなのだ。運命の紅い糸の相手なら、私を大切にしてくれるだろう。幸せにしてくれるだろう。特別な人生でなくても構わない。小さな幸せで構わないのだ。

「ちゃんと好きでいてくれる人なら見かけとか性格とか、あんまり気にしないよ」

ただ、彼は条件外。

「じゃあその先輩はそうじゃないの？」

「あの人は条件外」

「即答じゃん」

笑っている志田さんを見て、一息つく。どうやら誤解は解けたようだ。そう思っていた時、突然由佳梨ちゃんが声を上げた。何事かと思い顔を上げる。すると廊下には泉先輩と架間先輩が立っていた。

「泉先輩!!」

何てタイムリー。架間先輩はこちらを見て、また気の抜けた笑みを浮かべ手を振った。反対に私の頬が引き攣《つ》った。

「あれが噂の……」

「突然すまない。放課後の件でいくつか確認したくて来たんだ」

「言ってくれれば私たちが行きましたよ！」

私たちという単語には反応しないでおこう。

「どうせこの階に用があったんだ。気にしないでくれ」

相変わらず爽やかな好青年だ。真っ直ぐで輝いていて、朝から見るには少々辛《つら》いものがある。隣にいる架間先輩は変わらずといった様子でこちらを見ていた。隈《くま》は前回よりもましになっていたが、まだ残っていた。

「おはよ」

「……おはようございます」

また微笑む先輩を見て眉間《みけん》に皺《しわ》を寄せながら挨拶《あいさつ》を返した。彼にはもう愛想笑いがばれているためする必要もない。本心がだだ洩《も》れの表情を浮かべてしまった。

「機嫌悪そうだね」

「タイムリーだったので」

「タイムリー？」

「何でもないです」

とにかく近づきたくなくて視線を逸《そ》らす。由佳梨ちゃんは泉先輩と楽しそうに会話を始めてしまった。人の恋路を邪魔するつもりもないが、お願いだから今だけは用件を早く済ませて帰って欲しい。

「縁樹たち楽しそうだね」

「友達の恋路が叶《かな》いそうで良かったじゃん」

「そうですね」

「……そうですね」

先程、由佳梨ちゃんの糸がしっかり見えたのは近くに二人がいたからだった。今更気づいた私は自分に呆《あき》れてしまった。早めに気づいていたら、トイレに行くでも何でもして会わずに済んだ。こんな力を持っていようと、利用できない限り本当に無駄な能力だと思う。

不意に、架間先輩が私の耳元に顔を寄せてきた。

「俺に愛想笑いはしないの？」

耳元で囁《ささや》かれた声に思わず反応して先輩の目を見た。思いの外近かった距離に一瞬息を飲んだが、楽しそうに口角を上げる彼を見て私はまた腹が立った。

「先輩にする必要がないからです」

「別に俺言わないよ」

「言う言わないの問題じゃなくて、愛想笑いをするまでもないんです」

睨《にら》みを利かせて先輩を見れば少し驚いた顔をしたものの、これと言って効果はないようで、私の鼻を摘《つ》まんだ。

「ちょっと!!」

鼻声になりながらその手を払おうとするが、先輩は楽しそうに私をいじるだけだった。

「良い後輩の振り良かったんだけどなあ」

「止めてください！」

鼻を摘まんだ手を叩《たた》き落として、より一層眉間の皺を深める。要注意人物だ。何をしでかすか分からない。

「まあでも、そっちの方がいいと思うよ」

「そっちってどっちですか」

「今の方。愛想笑いして周りを気にしてるより、今の方がよっぽどいいと思うよ」

両手を頭の後ろで組み、伸びをしながら泉先輩たちを見た架間先輩は何を考えているか分からなかった。変な人だ。この前も思ったが、彼は不思議な雰囲気を持っている。達観していると言えばいいのか分からないが、少なくとも同い年である泉先輩とは見ている視点が違うように見えた。

しかし、私の天敵である事には違いない。

「縁樹、そろそろ時間」

「ああ、もうそんなに経ったか。時間を取らせて悪かった」

「いえ！　話せて良かったです！」

「そうか。瀬戸、苑田に教えたから彼女から聞いてくれるか？」

「分かりました」

私はこれでもかと言わんばかりに笑顔を振りまいた。泉先輩は納得した顔で感謝の言葉を口にしたが、架間先輩は私の隣で息を潜めて笑っていた。

「解人、どうかしたか？」

「何でもないよ」

私は新品の上履きで先輩の左足を踏んだ。一瞬声を上げて痛みを訴えた架間先輩だったが、素知らぬふりをして泉先輩に軽く頭を下げる。泉先輩は架間先輩を引っ張ってその場から去ろうとしたが、去り際、私が踏んだ跡が彼の上履きに綺麗《きれい》についていて、いい気味だと思った。先輩は痛みに顔を歪《ゆが》めながらも、恨めしそうに私を見てその場を去っていった。泉先輩が去ってしまった事に残念がる彼女をよそに、私の気分はとても晴れやかだった。

「やってやった」

「何か言った？」

「何でもないよ」

小さな達成感を胸に教室の中に戻れば、先程まで一緒に話していたクラスメイトたちが泉先輩の事を格好いいと口々に言っていた。大人気だ。彼女を横目で見れば、どこか焦った様子で私の目を見たので大丈夫だと言って肩を叩き席に着く。心配せずとも泉先輩の運命の相手は貴女《あなた》だよと言えればいいのだが、そうはいかない。皆一様に泉先輩が格好いいと言っている中で、架間先輩が格好いいと話す子も数人いて驚いた。あんな人間が格好いいわけがない。放課後の当番を彼女たちと替わりたい。溜息を吐いたと同時に鳴り響いたチャイムが思考をリセットしてくれた。なるべく放課後の事を考えないようにしよう。そう心掛け授業に精を出すため、頬を一度叩いて前を向いた。

「当番だよつむぎちゃん!!」

光り輝く目で私の前に立つ由佳梨ちゃんに目を細めた。荷物をまとめて重い腰を上げた私の腕を取った彼女は、自分の腕を絡ませて歩き始める。パーソナルスペースなんてあったものじゃない。

「緊張するね!」

「由佳梨ちゃんが緊張してるのは委員長と会う事でしょ……」

「そうだね！　そっちだね！」

否定する気もないのか、彼女は早口で肯定する。この前会議をした三階の第二会議室に辿《たど》り着く。当番をする生徒はここに荷物を置き、貴重品だけを持って校門に向かうのだ。携帯電話を制服のポケットに入れ鞄《かばん》のチャックを閉める。

「財布は持って行かなくていいかな?」

「良いんじゃないかな。一応施錠するみたいだし」

「行こう」

会議室を後に階段を降りていく。一段、一段、下る度に憂鬱《ゆううつ》が増していった。そもそも挨拶も人前に立つ事も好きではないのだ。見知らぬ人に笑顔で挨拶をする必要性が分からない。挨拶をした所で返事が返って来る事も少ないだろう。

人前に立ち挨拶をするという事は、多くの人の糸を見る事に繋がる。見知らぬ人間の運命を知るのは嫌だった。

下駄《げた》箱で靴を履き替えて、申し訳程度にリボンの位置を正す。髪を軽く梳《す》いて校門に向かえば、そこには泉先輩の背中しか見えなかった。

「お、来たな」

泉先輩は振り返って爽《さわ》やかな笑みを私たちに振りまく。隣にいた由佳梨ちゃんは小さなうめき声を上げた。どうやら今の笑顔が心臓に来たらしい。

「一人ですか？」

「多分もうすぐ来るよ」

朝、足を踏んだ相手が見当たらなかったので聞いて見れば、何とも曖昧《あいまい》な返事が返ってきた。

「会議の時も遅れてきたけど、普段からこんな感じなんですか？」

彼女の問いかけに泉先輩は頰を搔《か》いた。なるほど、架間解人は問題児らしい。

「ちゃんと時間には来るが、まあ変わったやつなんだ」

本人は泉先輩に付き合わされて三年間も風紀委員をやっていると言っていたが、どっちが面倒を見ているのか分からない。間違いなく、彼の方が泉先輩に面倒を見られているような気がする。

「ごめんごめん」

反省の色も見えない声が聞こえて振り返れば、朝と変わらず、摑《つか》み所のない笑みを浮かべた先輩が手を振っていた。

「よし、揃ったな。校門前に横一列に並んでくれ」

指示通りに並ぼうと移動するが、由佳梨ちゃんが泉先輩の隣に陣取ったので仕方なく彼女の左隣に向かう。すると、何故か私の隣には架間先輩がやってきた。

「……何でですか」

「何でって？」

「いや、そっち行けばいいじゃないですか」

泉先輩の右隣を指差せば、先輩はまあいいじゃんと言ってポケットに手を突っ込んだ。

舌打ちしたくなる気持ちを抑えて泉先輩の話に耳を貸す。

「簡単だ。前を通ってきた生徒や教師陣がいたら大きい声で、さようなら!!」

目の前を通った男子生徒が先輩の大声に驚いて肩を跳ね上がらせて軽く会釈をし去って行く。それを見て泉先輩は簡単だろと言ったが、明らかに驚かせている。由佳梨ちゃんはそれを見習って大きな声で挨拶《あいさつ》をしたが、生徒は横目で見るだけで帰っていった。

私は軽く会釈をして普通の声量でさようならと口にする。

「瀬戸、もっと元気よく出来るぞ」

熱い。熱量が大きすぎる。泉先輩はもう少し周りを見るべきだ。全ての人間が熱量のある人間ではない。私はこのくらいが限度だ。せめてもの愛想笑いを浮かべて挨拶をすれば、いいぞと声が聞こえてきたが、もう面倒なので反応しない事にした。

「さよならー」

間延びした声が横から聞こえ、泉先輩が架間先輩の名を呼んだ。

「こら解人。もっとちゃんと挨拶をしろ」

「俺等は縁樹みたいに熱がある人間じゃないからこれでいいの」

ね、と私を見てきたが、頷《うなず》くのをためらう。確かに、そうだけれど一緒にしないで欲しい。同類なんてごめんだ。

「そして解人、当番の時くらいちゃんと服装を正せ」

指摘された服装を見れば、学ランは全開で第一ボタンは開いており、ベルトの色は鮮やかな青色だった。先輩は泉先輩の気を逸《そ》らすために生徒がやってきたと指を差す。泉先輩は大きな声で挨拶をしていたが、私は先輩の服装を見てボソッと呟《つぶや》いた。

「風紀を乱す風紀委員」

「瀬戸、聞こえてるからね」

地獄耳だ。二人の大声で掻き消されていたのに耳に届くとは思わなかった。元気よく挨拶をする二人をよそに私たちは話し始める。

「俺が風紀を乱すなら、縁樹目当てで入った子たちの方がよっぽど風紀を乱す風紀委員でしょ」

「先輩はもう、存在自体が風紀を乱してるので」

「その誤解されそうな発言止めてくれない？　全然してないから」

「私別に、何がとは明言してないんですけど」

「可愛くない後輩だな……」

「先輩に可愛いって思ってもらう必要ないので」

「猫被《かぶ》るの忘れてるけど大丈夫？」

その言葉に反応して目の前を通った生徒に向かって笑顔で挨拶をする。

「そんな一瞬で表情変えられるの凄《すご》いね」

「別に普通です」

先輩と話している時は真顔になり、挨拶をする時には笑顔を浮かべる。その様子を見て感心する彼をよそに、私は前だけを見ていた。

「挨拶してください挨拶」

「してるしてる」

先輩が手を振ってじゃあねと言った相手はどうやら友人だったらしい。ほら、と言いながらこちらを見た彼だったが、言いたかったのはそういう事ではない。

相手をするだけ時間の無駄だろう。私は架間先輩の軽口を徹底的に無視する事にした。どうせ後数分もすれば当番が終わる。それまで我慢して挨拶していれば来週まで先輩に会う事はない。笑顔を張り付けさよならを繰り返す。幸い、挨拶を返してもらえる事が多く一方的にならずに済んだ。仕方なくやっている挨拶でも、無視されれば悲しくなるのは人間の性《さが》だろう。

真面目に取り組む私を見た先輩はそれから声をかけて来なくなった。隣から聞こえる大声に耳を痛めながらも張り付けた笑みを浮かべ、何とか当番を乗り切った。

「よし、今日の挨拶活動はこれで終わりだ。お疲れ様」

泉先輩の一言で両隣から大きな溜息が聞こえる。表情筋が引き攣《つ》る感覚がして頬を何度か揉《も》んでみるが治る気配はなかった。これから毎週こうなるのかと思うと一層憂鬱になる。隣で汗を拭《ぬぐ》う振りをしている由佳梨ちゃんはやり切ったと達成感を感じているが、数十分前より老け込んでいる気がしてならない。挨拶する度に私たちの生気は抜かれていくのだろうか。

「お疲れ様ー、大変だっただろ」

校門を閉めた菱川先生が私たちに声をかける。正門は閉まったが、校舎にはまだ部活動などをしている生徒が残っているので正門横の小さな門から出る事が出来るようになっていた。

「瀬戸と苑田は初めてだったからな」

もう二度としたくありませんと心の中でぼやきながらも、可もなく不可もないような返答を返す。由佳梨ちゃんは正直に疲れたと言っていた。

「二人とも頑張ってくれましたよ。な！」

泉先輩が笑顔で私たちを見るが、その背に丁度太陽が差し込んでいて、物理的にも精神的にも眩《まぶ》しく目を伏せた。この人は太陽すらも味方につけるようだ。

「帰るか！」

菱川先生が泉先輩に会議室の鍵《かぎ》を渡し、私たちは校舎に戻っていく。先輩たちが前を歩いている中、私は彼女と二人でその背中を追っていた。

「さっきの泉先輩眩しくなかった？」

「眩しかった。太陽も味方につけるのかと思ってびっくりした」

未《いま》だ泉先輩の背中を見つめ続ける彼女を一瞥《いちべつ》して返事をする。

「太陽に愛された男……」

「何言ってるの？　大丈夫？」

恋とは人をおかしくさせるらしい。至極真面目な顔で意味の分からない発言をした彼女に対し、思わず冷静なツッコミを入れてしまった。

「そういえば、架間先輩と仲良いんだね」

上履きを取り出して床に置けばそんな発言が耳に入り思わず顔を上げる。すると開きっぱなしだった下駄《げた》箱の扉が頭にぶつかり強打して蹲《うずくま》ってしまった。

「大丈夫!?」

「……大丈夫」

頭を押さえながら立ち上がり上履きに足を入れる。触れた個所は少し出っ張っていた。

たんこぶが出来たらしい。最悪だ。涙目になりながらも廊下を歩き始める。

「仲良くないよ」

「えー？　朝もそうだったけどつむぎちゃん先輩と話す時は楽しそうだよ」

「全然楽しくないよ。むしろ腹立つくらい」

架間先輩の背中を見ながら悪態をつく。振り向いたらまた、あのむかつく笑みを浮かべているのだろうか。そう思うと余計に腹が立った。

「そうかな？」

「そうだよ」

会議室で荷物を手に取り再び下駄箱に戻る。靴を履き替えて校舎を出ようとした時、何故か先輩たちが待っていた。

「苑田は電車通学だったたな。途中まで一緒に帰るか」

泉先輩の一言に目を輝かせた由佳梨ちゃんは今日一番の大声で返事をし、そちらに駆け寄った。どうやら泉先輩は彼女に対し好印象を抱いているようだ。そうでなければ途中まで一緒に帰ろうという発言はしないだろう。運命の相手同士、上手《うま》くいっているようで安心するが、その後の一言で私の笑顔は崩れてしまった。

「じゃあ瀬戸は俺と帰ろっか」

「……は？」

「じゃあ帰ろう」

返事を待たず歩き出した先輩に続くように二人が門に向かって歩き始める。私はしばらくその場に残されていたが、由佳梨ちゃんの一言で足を動かし始めた。

「いや、何で？」

可能な限り架間先輩とは関わりたくない。出来る事なら避けていたい。しかし、そんな私の心情を知ってか、知らずか、距離を詰めてくる彼に困惑した。最早《もはや》困惑である。先輩は私を見て、早くと口にした。早く来いという事だろうか。足を早めて追いつけば先輩はあの腹が立つ笑みを浮かべていたので、先程まで抱いていた困惑は殺意に変わった。

こいつ、分かってやっている。溢《あふ》れ出しそうになる悪態がこの喉《のど》から出る前に、泉先輩と由佳梨ちゃんがまたねと言って駅に向かって行った。その背中を見送ってから、行こうと言い出した先輩を見て私の口から悪態が飛び出た。

「何で？」

「何でって何が？」

「何がってわざとやってるでしょ、わざと」

「だから何の事？」

先輩だから使っていた敬語も、帰り道では崩れ去った。商店街に入って数歩先を歩きながら私の問いにとぼける先輩を見て、先程溢れ出しそうになった悪態が姿を現した。

「私先輩の事嫌いなんですけど」

「凄いはっきり言うね」

「人が嫌がる事平気でやってくるその神経が意味分かんないです」

「俺はそこまで嫌いじゃないけど」

「私は嫌い」

舌打ちをして先を歩き始める。後ろから聞こえる間延びした声はどこか楽しそうだ。

「中々いないじゃん、縁樹に惚《ほ》れない子」

「そりゃあ全ての人間があの人に惚れるわけじゃないでしょ」

「中々いないじゃん、こんなに面白い子」

「どこが？　普通です」

「全然」

先輩は私の前に回り込んで立ち止まる。横を抜けようとするが彼の足がそれを阻んだ。見下ろされた私は思いの外先輩との身長差があった事に気付く。基本猫背だからこんなにも身長差があったなんて知らなかった。しかし、見下ろされた事にイラっと来たので、腕を組んで溜息を吐く。

「で？」

何が言いたいんですかという意味を込めいつもよりも低い声で問いかける。

「何で愛想笑いしてんの？」

純粋な疑問だったのだろう。しかし、私にとって核心を突かれた一言でもあった。

「別に愛想笑いなんてしなくても友達は出来るでしょ。正直に悪態ついても苑田とか他の子たちは許してくれると思うけど、する必要ある？」

大きな手が私の両頬を摑《つか》んだ。人の頬を揉む先輩の手を払って腕を解《ほど》く。

「正直に話してる瀬戸の方がいいよ。今だって愛想笑いのせいで表情筋引き攣ってるくせに」

「先輩には関係ないです」

人間関係も、愛想笑いも、全ては小指から伸びる糸のせいだなんて誰も信じてはくれない。人と距離を取るのも、その人の運命を変えてしまう事を恐れたからだ。

「私が笑っていようと泣いていようと、先輩には関係ない」

視界に入る彼の小指には糸がない。見えないのか、元々ないのかは分からない。

「自分だってヘラヘラしてるくせに」

「普段はそこまでヘラヘラしてないけどね」

「じゃあ口角バグってるんじゃないですか？」

先輩が普段からヘラヘラしていようと、その指に糸が無かろうと、私には関係がないのだ。もう放っておいて欲しい。紅《あか》い糸が見えるなんて言っても、どうせ信じないだろう。人が死ぬかもしれない恐怖を、同じように味わってはくれないだろう。誰かの運命に干渉してしまうかもしれない不安を抱いてはくれないだろう。見えるせいで人と距離を置く苦しみを共有してはくれないだろう。

この呪いを、解いてはくれないだろう。

「愛想笑いした後の瀬戸って、絶対泣きそうな顔するから」

自分も知らなかった事実を、出会って間もない人間から聞かされる時ほど驚くことはないだろう。張り付けた表情も、無難に過ごすための愛想笑いも、全部自分を守るためにしている事だ。誰かを傷つけないためにしてきた事だ。それなのに、何故私は泣きそうな顔をしているのだろう。自分で自分の気持ちが分からない。心では何とも思っていないのに、私の顔は泣きそうになっているなんて、そんなのおかしいだろう。

「理由は知らないけど無理にしなくてもいいんじゃない？って思っただけ」

私の頭を数回、軽くポンポンと撫でた先輩は、この話は終わりと言った。

「しょうがないから先輩がコロッケ奢《おご》ってあげるよ」

指を差した先にはこの前教えてくれた美味《おい》しいと評判のコロッケ屋さんがあった。行くよと言いコロッケ屋に向かう先輩の背中を見ながら、私は気持ちを切り替えるため深呼吸をして彼を追いかけた。隣に並んで先輩の背負っていた鞄《かばん》の紐《ひも》を軽く引っ張る。彼は何？と言ってこちらを振り返った。

「先輩、頭痛かったんだけど」

「は？　何で？」

「さっき下駄箱で頭ぶつけたから」

「ああ、凄《すご》い音が聞こえたと思ったら」

「それと、好きでもない異性から頭ポンポンされる時ほど不快な物はないから、憶《おぼ》えておいた方がいいと思います」

「遠回しに嫌だったとか言わないでくれない？」

顔を歪《ゆが》める先輩を見て思わず笑みが零《こぼ》れた。触られた頭に、不思議と不快感はなかった。嫌がるのが当たり前だったかもしれない。しかし、たんこぶが痛かっただけで、嫌悪感を抱く事はなかった。私が泣きそうな顔をしたから、申し訳なく思って話を切り替えてくれたのが分かったからだ。今だって文句を言いながらも財布の中の小銭を確認している。

「さあ、どっちでしょうね」

ちょっとした優しさに嬉《うれ》しくなった事も、頭をポンポンされて嫌ではなかった事も言いたくなかったので意地の悪い返事をすれば、奢らないよと脅してきたので適当に笑ってご馳走《ちそう》さまですと言えば、都合のいい奴と溜息を吐きながら買ってくれた。コロッケはとても美味しく、餌付《えづ》けされた私は先輩に抱いていた悪い印象を少しだけ考え直そうと思った。

家の中はいつだって静かだった。テレビから聞こえる誰かの笑い声がリビングに反響している。午後七時過ぎまで真っ暗な家の中には私しかいない。冷蔵庫からラップのかかった皿を取り出して、温め一人で食す。

携帯電話を片手にネットサーフィンをしながら箸《はし》を動かした。アルバイトサイトを見て適当に求人募集にチェックを入れて比較する。私が求めた、人とあまり関わらないような仕事先は目に入らなかった。接客業や飲食業のアルバイトが主な高校生にとって、私の求めた条件はないようだ。今すぐ働きたいわけでもないので諦《あきら》めてサイトを閉じる。

そういえば姉が飲食店でアルバイトしていたのを思い出したが、今この家にいるわけではないので詳しい話は聞けず、わざわざ連絡するような関係性でもなかった。

姉は大学入学をするに当たり、彼氏と同棲《どうせい》を始めた。ワンルーム六畳のアパートは、二人で住むには窮屈そうだったが、二人はそれでもいいと微笑んでいた。姉は優しく控えめな人で、彼氏も優しく温厚な人だった。傍《はた》から見ればお似合いのカップルだが、私にはそうは感じられなかった。なぜなら、その指に糸が繋《つな》がっていなかったからだ。どれだけ想い合っていても、いつかは上手《うま》くいかなくなる結末を、私は知っている。

家にいるはずの母は今日も不倫相手と食事にでも行っているのだろう。スーパーのパートだと言っているが、七時前には終わるのを知っている。それに関して、もう触れる気にもなれなかった。父は母の不倫に気付いていながら気づかない振りをする。仕事から帰ってくるのが遅くなっているのも、それが原因なのだろう。この家は既に機能を失ったも同然だった。

まだここにいなくてはいけない私の事を、誰一人として考えていない事実に笑ってしまう。誰からも必要とされていない気がした。誰からも愛されていない気がした。だからこそ、私の運命がどこにあるのか早く教えて欲しかった。

バラエティー番組が終わり、いつの間にかニュースが流れ始める。やる事もないので早めにシャワーを浴び宿題をこなすため机に向かう。変わらぬルーティンを繰り返す中、帰り道を思い出した。私の愛想笑いに対して言ってきた人の事である。

指摘されたのも、似合わないと言われたのも全てが初めてだった。何を考えているのか分からなくて、人をからかうのが好きな、相いれない人間だと思っていたが、どうやらそうでもないらしい。私は少し、勘違いをしていたみたいだった。

撫《な》でられた頭にあったたんこぶはいつの間にか小さくなっていた。宿題を終わらせてノートを閉じ、部屋の電気を消してベッドに思いっきり倒れこむ。ぼふっと音を立てて身体が沈み、ベッドサイドに置かれた間接照明をつけて布団に顔を埋《うず》める。シーツからは干したての匂いがした。

こういう所だ。私が母を憎めない理由の一つ、どれだけ不倫をしようが、やる事はやるのだ。家事を放棄して帰って来ない人もいるらしいが、母は必ず帰ってきてしっかり家事をこなし、全てをやった上で不倫相手の元へ行くのだ。文句なんて言えるわけもなかった。

だって母の運命の相手は不倫相手の彼だ。父ではない、出会うのが遅かっただけで惹《ひ》かれ合うのは当然の結果だった。ただ、母が既に家庭を持っていただけ。二人の糸を解けばいいと何度も考えたが、その度にある光景が頭にちらついて糸を解こうとした手を止めた。糸を解くのは未遂で終わっている。

枕元に投げた携帯電話を手に取りネットサーフィンを再び始める。すると、突然画面に見慣れない名前から届いたメッセージが表示された。驚いて起き上がり、メッセージを確認する。つい数時間前まで一緒にいた架間先輩からだった。

「コロッケの次は何がいい?」

訳の分からないメッセージを読み上げる。

「意味分かんないんだけど」

架間解人と書かれた名前は間違いなく彼の名前で、アイコンは謎のマスコットキャラクターが映っていた。

「何で連絡先知ってるんですか」

メッセージを送って記憶を辿《たど》るが、先輩に一度も連絡先を教えた事などない。間違っても自分から教えるような事を、私はしない。なぜ、と頭を抱えていれば返信が来て、その内容に思わず顔をしかめた。

『苑田から縁樹に、縁樹から俺に届いた』

「何で教えるー?」

枕に顔を擦《こす》りつけて声を上げる。教えるなとも言わないが、せめて一言報告して欲しい。当たり前に連絡先を流さないで欲しい。個人情報の流出である。

『個人情報の流出とか思ってる？』

思っていた事がメッセージで送られてきて、先輩はエスパーか何かだろうかと思ってしまった。

「思ってます」

絵文字も何も使わない、たった一言だった。彼に気を利かせて絵文字を使っても意味がないし、私の本性を知っているのならこれでいいと思ったからだ。

『だろうね』

絵文字も何もない、たった一言の返事だった。何度か言葉を交わし合った後、先輩は最初と同じ質問をぶつけてきた。

『で、コロッケの次は何がいい？』

「って言われても……」

しばらく考えていると、コロッケの他に商店街で何か食べたい物あったかという話をしてきた。私は携帯電話から手を離し、顎《あご》に手を当て考える。さて、あの商店街には何があっただろうか。確かに通学路だが、私の住んでいる場所からは距離があり、商店街の方面に行くなら反対の栄えている方面に行っていたので馴染《なじ》みがなかった。

よく分からないが、何故かあの商店街には中華を扱っているお店が多かった。一般的な八百屋、肉屋などの間に中華料理店が挟まっているのは何だか少し面白い光景だった。

中華と言えば肉まんなどの飲茶《ヤムチャ》だと閃《ひらめ》く。そういえば歩いている時、店頭でも販売していた所を見たような気がする。私は再び携帯電話を手に取り、中華と一言だけ入れる。彼は早々に返事を返してきた。

『肉まん？』

話が早い人である。詳細を語る前に全てを察して返事を返してくる様に、言葉数が少なくとも何とかなると思ってしまった。

「でも私はあんまん派」

肉まんも好きだが、やはり甘い方が好きだ。特にあんまんはこし餡《あん》の方がいい。ちょっとしたこだわりだ。

『俺ピザまん派』

「いや、それコンビニじゃん。中華じゃないじゃん」

画面越しに返ってきた言葉を見て思わず吹き出してしまう。ピザまんなんて中華料理店には置いていないだろう。コンビニに行くべきだ。

『じゃあ今度の帰りは肉まん食べよ。確かあんまんもあったから』

「……え？」

まさかの誘いであった。携帯電話を両手に持ち、ベッドの上で座ったまま固まる。確かに今日の帰りに一緒に買い食いをした。一緒に帰るのも、何かを食べるのも、今日以外ないと思っていた。ただ、帰りの方向が同じだから、それだけの理由で一緒に帰った。奢《おご》ってくれたのだって、空気が悪くなってしまったのを察してだろう。同じ事はもう無いと思っていたが、まさかの誘いに動揺を隠せなかった。

この人はなぜ、絡んでくるのだろう。一人がいい。人付き合いに愛想笑いを続けて深い関係になる事を避けている私にとって、架間先輩はイレギュラーな存在だった。しかし、どれだけ腹が立って嫌がっても、私の本心が嫌だとは言っていなかった。

どう返そうか考えて数分、考えときますと返事をした。ずるい言葉である。本当は嫌じゃないくせに、それを認めたくはなかった。だからこそ選択を先輩に委《ゆだ》ねた。先輩の事だから、この言葉を了承と取ってまた来週一緒に帰る事になるだろう。完全に人任せだ。そんな事を考えていれば画面が光り返事が映し出された。目に入ってきた文字を見て、私はやっぱり断ればよかったと頭を抱えた。

『今日奢ったから来週は瀬戸が奢ってね』

「嫌です!!」

返してベッドに倒れ込む。携帯電話を伏せて返事を見ない事にした。すると部屋の外から誰かが帰って来る音がする。部屋から出る気もなく、私は布団の中に入って間接照明を落とした。もう一度だけ確認してみれば一言だけ返ってきていた。

『ありがとう』

「奢ってもらう気バリバリじゃん……」

後輩にたかるとは酷《ひど》い先輩もいたものである。全く、と思いながら画面を伏せた。暗くなった画面に間接照明が差し込んで自分の顔が映る。その顔はどこか楽しそうだった。

照明を消して目を閉じ、寝る準備をする。今日あった事を思い出そうとするが、隈《くま》をこさえた緩く笑う垂れ目がちの男の顔が出てきて、掻《か》き消そうとするも消える事はなかった。

朝から今に至るまで、今日の思い出は全て先輩に支配されてしまったのは少々腹立たしいが、また来週、今日のように一緒に帰るのも悪くないかもしれないと思った。しかし、奢るのだけは避けたい。目を閉じて財布の中身はいくらあったかと考え始める。もしかしたら、早めにアルバイトを始めた方がいいのかもしれない。襲い来る睡魔に身を任せた。

縁もゆかりもない人

見覚えのある教室、敷き詰められた布団に所狭しと小さな子供が眠っている。私はその様子を扉の前で見ていた。窓から差し込んだ月明かりが部屋を薄暗く照らしていて、布団の中から顔を出した少女は小さな頃の私だった。

これは夢だ。昔の記憶が反映された夢だ。

はな組と書かれた表札が、扉の上で小さく揺れた。静かな夜だった。寝息がやけに耳に入って来る。小さな私はこちらに気付かない。先生が廊下に出て行ったのを見計らって、数人の子供たちが一斉に布団から出てきた。皆、小さな女の子だった。

ああ、聞きたくない。その場を去ろうとしても足は動かない。自分の夢なのに好きに動けない。足は凍り付いたかのように固まっている。

教室の隅で、一人の女の子が声を上げた。ひそひそ話のつもりだったのだろうが、子供の声は大きいもので、普段の大きさと大差なかった。

「ねぇ、紅《あか》い糸って知ってる？」

恋愛のれの字も知らない子供たちが、大人の真似をして精一杯のおめかしをしながら語り合う、泊まり保育の夜だった。いつもは着ないフリルが付いたパジャマを着て、寝るだけだというのに苺《いちご》のついた髪飾りを付けた。布団の中から上半身だけ出し、月明かりの差し込む教室の中で話を続ける。

一瞬が永遠にも思えた時間だった。眠たいのだろう、何度も目を擦《こす》った小さな私は、話し始めた女の子の言葉に耳を傾けている。もう名前すら覚えていない少女は興奮した様子で小さく声を上げた。

「お姉ちゃんの持ってた漫画の中に出てきたの。目に見えないけど、運命の人とは紅い糸で結ばれているんだって」

共に話を聞いていた少女たちは興奮し、声を上げたくなる衝動を必死に両手で抑えている。

「小指に赤い糸が結ばれていて、繋《つな》がってる先の人と結ばれるんだって。私の運命の相手は○○くんかなあ」

夢見がちな少女は頰を押さえながら宙を見て呆《ほう》けていた。周りの女の子たちは嬉《うれ》しそうに、自分の糸は誰と繫がっているのだろうと話し始める。中には半信半疑で少女の言葉を訝《いぶか》しんでいる子もいた。

小さな私が、布団から左手を出し宙に向かって伸ばした。月明かりが小指を照らしていて、その指に光る紅い糸が見えた。しかし、先は薄れていて見る事が出来ない。

「見えるよ」

ああ、そう言ったのだ。忘れもしない、だってそれが普通じゃないとは知らなかった。

「え？」

「紅い糸、見えるよ」

小指に結ばれた赤い糸は丁寧に蝶々《ちょうちょう》結びされている。

「本当に？」

「嘘だ、私には見えないよ」

「つむぎちゃんだけに見えるの？」

少女たちは布団から抜け出して自分の小指を触り始める。まじまじと見て、何度も確認するが、その目に糸は映っていないようだった。私の目には間違いなく紅い糸が結ばれているように見えるけれど、見えないのが当然だろう。

やがて、一人の子が自分は誰と繫がっているのか教えてくれと言い出した。

小さな私は何の考えも持たず、正直に見たままの話をしたのだ。

「〇〇くんとは繫がってないよ」

むしろ繫がっているのは少女の隣にいたもう一人の女の子だと言葉を続ける。〇〇くんと呼ばれた男の子は、多分あそこで寝ている男の子だろう。子供ながらに整った顔立ちをしている。彼の名字すらも思い出せないが、糸は間違いなく二人を繋げていた。

瞬間、少女は態度を変えて小さな私に枕を投げた。枕が顔面に直撃し後ろに倒れこむ。

少女は立ち上がって先生を呼び出しに行った。

「先生！　つむぎちゃんが嘘つくの‼　酷《ひど》い事言うの‼」

泣きだした少女が連れてきた先生は、私をすり抜けてその場に駆け寄る。紅い糸が見えると言った話を少女は先生に言いつけた。そうすると先生は小さな私を見てこう言ったのだ。

「つむぎちゃん、嘘はよくないよ」

泣きだした少女、嘘つきだと言い出した周りの女の子たち、嘘をついて傷つけたから謝ってと言う先生。小さな私はその場で呆けていた。

ふと、小さな私と目が合う。

「嘘ついてないよ」

私にしか聞こえない言葉だった。

「知ってるよ」

「嘘だって言うの」

「そりゃそうだよ」

「どうして」

「だって私以外は見えないんだもん」

小さな私は今にも泣き出しそうだった。この後はどうなったんだっけ。確か除《の》け者にされてしまったはずだ。嘘をついていないから謝らなかった私は、会う度に嘘つきと言われて、一人になった。

視界が揺らぎ、場面が変わる。空は明るくて、見覚えのある道が見えた。その先に、手を繋いだ親子が見える。これもきっと記憶なのだろう。手を繋いだ親子は、まだ子どもの私と若かりし頃の母だった。

「お母さんは紅い糸見えない？」

「何の話？」

小さな私は母の左手にある紅い糸を触った。これ、と指差して紅い糸が見えるのと言葉を続ける。

「ドラマとか漫画でも見たの？」

「そうじゃないよ、見えるの。指に糸が結ばれてるの」

「運命の紅い糸って言う事？」

「分からないけど、見える」

それを聞いた母は蔑《さげす》んだような目で小さな私を見て、子供の戯言《たわごと》だと言い聞く耳を持たなかった。そして、言葉を続けたのだ。

「じゃあ私とお父さんは繋がってないわね」

それは決定的で、今でも忘れる事が出来ない記憶だった。

真面目で寡黙、仕事以外には何も興味が湧かないであろう父と、華やかで人との交流が好きな母はお見合いで結婚したらしいが、馬が合わなかったのだろう。私が憶《おぼ》えている二人はいつも気まずそうな様子でお互いの距離を測っていた。

物心ついた時から全ての人間の小指に紅い糸が結ばれている、その状況が当たり前だった私は全ての人間に糸が見えて当然だと信じて疑わなかったのだ。

父と母の糸は、彼女が言った通り繋がっておらず、二人は運命の相手ではなかった。

どうやらこの糸は誰にも見えないらしい。そして私の言葉は誰にも届かない。わずか五歳で気づいた世界の真理だった。何故糸が見えるのかも分からない。見えた所で何も出来ない。何一つ変えられない。絶対的な運命の前で私は無力だ。

両親の不仲は糸が繋がっていないせいだとしたら、紅い糸の相手ではないと人は幸せになれないという事だろう。たった一人、真っ白な空間に残された私は立ち尽くした。早く覚めて欲しい。見たくもない夢を見続ける苦痛は耐えられない。やがて一本の紅い糸が見えて、それを頼りに歩き出す。

連続する目覚ましの音が部屋に鳴り響いていた。視界に入った天井は陽の光に照らされていて色を変えている。寝ぼけ眼《まなこ》で目覚ましを止め、カーテンの隙間から入って来る陽の光に眉《まゆ》をひそめながらも起き上がる。手で髪をグシャグシャにして間延びした声を出す。水分不足の喉《のど》からは、いつもより数段低い声が出て部屋に反響した。

見たくもない夢を見た。思い出したくもない記憶だった。目が覚めても未《いま》だ鮮明に残る光景が、閉じた瞼の奥で蜃気楼のように揺らめいては消えていく。朝から嫌な気分になってしまい、大きく溜息《ためいき》を吐いて壁にかかるカレンダーを見た。大型連休が明けた朝は、随分と憂鬱《ゆううつ》な気分にさせた。

次の当番は思ったよりも早くやってきた。財布にいつもより少し多めにお金を入れ、家を出る。五月の暖かな風が吹き抜けて、頬を撫《な》でた頃には朝の憂鬱はどこかに消えてしまった。一週間振りの登校は、夢のせいなのか季節のせいなのか、引き返して眠りたい気分になった。五月が持つ特殊な病のせいなのかもしれない。

連休の間、私は短期アルバイトで予定をみちみちにして稼ぎまくっていた。元々友人も少なければ、大型連休だからと言って家族でどこかに出かけるほど仲が良いわけではないため、連休中暇になる事は随分前から予想していた。だからといって、何もせずに家にいるのはしたくなかったので、朝から晩まで会社員と同じように働いた。労働に精を出しまくったおかげで懐が温かくなったのは素晴らしい事である。工場でただひたすらに流れてきた商品を確認し、パック詰めするという作業であったが、私には向いていたらしい。肩や腰が痛くなるというデメリットはあったものの、人と関わる機会がなく、集中して仕事に取り組んでいれば、連休は一瞬にして過ぎ去った。

鞄《かばん》の中に入れた財布を再び手に取り、その表面を撫でて笑みが零《こぼ》れる。この臨時収入で何を買おうか。学校帰りに街へ繰り出して、気になっていた化粧品を買うのもいいかもしれない。夏に向けて新しい服を買うのもいい。普段は付けないような、シンプルなアクセサリーとか。とにかく私の頭はショッピングの事でいっぱいだった。しかし、ポケットに入れていた携帯電話が震え、画面に映し出されたメッセージを見た瞬間、現実に引き戻されてしまった。

『今日あんまんの日』

おはようの挨拶《あいさつ》もない、簡素なメッセージであった。たった一言、これだけで私は今日が当番の日だった事に気付いてしまう。名前を見ずとも、誰からの連絡か分かってしまうのが嫌になる。月が替わったので本来の当番は朝なのだが、大型連休のおかげで均等に割り振られなかったため、今日までが放課後の挨拶活動だった。一日でも早起きしなくていいと、昨日までそう思っていたのだけれど、そんな気持ちはどこかに消えてしまった。

「今日駄目じゃん……」

連休に入る前、先輩と約束したのを忘れていた。アルバイトに精を出し過ぎて憶えていなかったのだ。ショッピングする気でいっぱいだったからショックである。

シャッターが閉まった商店街を歩いていく。開いている店もいくつか見かけたが、どれも開店準備を始めているだけであった。時刻は八時十分、こんな時間からお店を開いても人が入らないのは明白である。

あんまんの日と書かれたメッセージにどう返そうか考えながら歩いていれば、いつの間にか商店街を抜けて踏切の前まで来ていた。一歩踏み出そうとしたが信号が点滅し、カンカンと音が鳴り始め遮断機が下りてしまったので諦《あきら》めて立ち止まる。一度下りたら長いので思わず溜息を吐いてしまった。果たして何分待たされるのだろうか。目の前の遮断機は元の鮮やかな黄色がくすんでいて、所々塗装が剝《は》げてしまっていた。電車が前を通り過ぎると、遮断機はこれでもかと言うくらい上下に揺れて、今にも折れてしまいそうで心配になった。これではいつか吹き飛んでしまうだろう。

もう一度、携帯電話の画面を見て返事を考える。分かってます、知ってます、了解です。どれを書こうか考えている中、不意に口から独り言が零れた。

「ショッピング行きたかったなあ……」

「何が？」

突然後ろから聞こえてきた声に驚いて肩が跳ね上がる。振り向けば、そこにはメッセージを送った張本人が立っていて、いつもの緩い笑みを浮かべていた。

「びっくりした……」

「おはよ」

「おはようございます……」

心臓がバクバクと鳴り響いている。未だ動悸《どうき》が収まらない私をよそに、架間先輩は壊れそうな遮断機を触ってやばいねこれ、と呟《つぶや》いた。一つ、大きな深呼吸をしたのち携帯電話を仕舞って口を開く。

「一言声をかけてくれません？」

「かけたよ、何が？　って」

「あれは一言じゃない！」

悪びれた様子もなくポケットに手を入れた先輩を見て頭を抱えてしまう。まさか朝から会うとは思わなかった。通学路が同じだから会う確率は高いけれど、待ち合わせたわけでもない。完全なる偶然だ。

「歩いてたら瀬戸が見えて、いつ声かけようか迷ってたんだけど」

「次からはもっと普通に声かけてください」

「いや、瀬戸の事だから無視するかもしれないなと思って」

「さすがにそれはしないです」

この前の帰り道から、先輩に対して嫌悪を感じる事は無くなった。変わらずイラっと来る時はあるが、それでも嫌いだとは思わなくなった。だから、話しかけられても無視はしないだろう。前までの私でも、さすがに上級生だから返事はする。

「まあ、それは冗談なんだけど」

「本当に無視すれば良かった」

「酷《ひど》いね。それで何て言ってたの？」

電車が通り過ぎてから数分しても、遮断機は上がる気配を見せない。もう自分たちで上げて渡ってしまった方が早いのではないかと思ってしまうくらいだ。

「何がですか？」

「さっき何か言ってたじゃん」

「ああ、今日当番だって忘れてて、帰りはショッピングするつもりだっただけです」

「ショッピングって一人で？」

「一人で」

　ふーんと興味なげにリアクションを取る先輩を見て、じゃあ聞くなよと心の中でツッコミを入れる。残念だが、予定はまた別日に変更した方が良いだろう。先輩との約束を破るわけにもいかない。別れた後に街へ繰り出す事も出来るが、それはそれで面倒である。明日は土曜日なので人が多そうだから出掛けたくない。

　来週、学校の帰りに立ち寄ろう。そう思いながら頭の中で欲しいものリストを作っていく。腕時計を見れば八時二十分だった。踏切で五分以上も待っている事に気づいた時、遮断機が上がってようやく先へ進めるようになった。今度から踏切に引っかからない時間を計算して登校した方が良いのかもしれない。学校に着くのはギリギリになりそうだった。

　歩き始めれば隣にいたはずの先輩の姿が見えなくなった。不思議に思い振り返れば、先輩はそこで立ち止まっていた。

「先輩、何してるんですか。早くしないと遅刻しますよ」

　ほら、と腕時計を見せれば、先輩は何か考えていたようで、本当だと言って歩き出す。

そして隣に並んだ時、思いもよらない事を言い始めた。

「今日行けばいいじゃん」

「は？　何がですか？」

「ショッピング。付き合うよ」

「え？」

　突然の発言に今度は私が足を止めた。何を言い出すのだ、こいつは。自分がついていくと発言するなんて誰が想像しただろう。立ち止まった私に、先輩が私の真似をして自分の腕時計を見せつけてくる。遅刻するよと言って歩く先輩との距離が開いて、私は反射的に足を動かし始めた。

「いや、何で？」

「俺、瀬戸の何で？　って言葉よく聞いてると思う」

「それは貴方《あなた》が何で？　って思う事ばっかり言うから」

「貴方って言い方。てっきりお前って言うのかと」

「お前はさすがに失礼だし。いや、違う。そうじゃなくて！」

　これじゃあまた架間先輩のペースだ。

「何でショッピング一緒に行くみたいになってんの？　意味が分かんない」

「だって今日帰り買い食いする約束したじゃん。それに俺も欲しい物あるからちょうどいいかなって」

「何で先輩と一緒にショッピングなんかするの？　誰も望んでないんだけど」

「安心して。デートなわけじゃないから」

「デ……！」

言葉が詰まった私に足を止めた先輩はにやりと笑った。

「あれ？　デートした事ない？」

「それは、今関係ない！」

「図星だった？　まあこの前まで中学生だったしそりゃそうだろうね」

これは地味に馬鹿にされている。

「した事ありますよ！」

反射的に声を上げて嘘をついたが、多分ばれているのだろう。

「大丈夫大丈夫、俺は馬鹿にしてないよ」

「嘘だ！　じゃあ何で笑ってるわけ⁉」

「笑ってないよ……ククッ」

「笑ってんじゃん‼」

やはりこの男、とても腹が立つ。怒る私と裏腹に、先輩はお腹を抱えて笑いながら歩く。持っていた鞄《かばん》で彼の肩を軽く殴ったがそんな攻撃効きもしないようだった。

「ごめんごめん。必死だったからつい」

「最低男」

「だから悪かったって」

笑い過ぎて潤んだ目を擦《こす》る先輩の目には、やはり隈《くま》が色濃く存在していた。

「俺のタイプは大人しい子だから」

「私のタイプは先輩以外」

「それは笑う」

くだらない言い合いだ。もっとも、先輩の方は本気でないので私が一方的に怒っているだけだった。

「じゃあ私に構わずとっとと大人しい子捕まえてきて下さい」

「いや俺彼女いないから」

「でしょうね」

「失礼じゃない？」

「先輩に彼女がいたら、それはきっとよく出来た方なのだろうって思いますよ」

「だから失礼じゃない？」

無駄な会話を続けていると、いつの間にか校舎が目の前に見えた。時刻は八時三十分、後十分でホームルームが始まってしまう時間だった。早足でなければ遅刻確定だったかもしれない。先輩を見れば言いたい事が分かっているようだった。

「俺はいつもこの時間だよ」

「遅刻しかねない……」

「大丈夫、三年間で早足っていうスキルが身についたから」

朝はギリギリまで寝ていたいじゃん、と言葉を続けた先輩に、私は目の下を指差す。

「じゃあ何でそんな隈あるんですか、充分に寝ている人にはそんなものないですよ」

「目の下の皮膚が薄いから？」

「薄くてもそこまでにはならないです」

「そう？」

どんな事情があるのかは知らないが、目の下に出来た黒が朝ギリギリまで寝ている人にあるものではないのは、私でも分かる事だった。前に会った時よりも色濃くなっている限は、見ているこっちが心配になる。しかし、言及しても教えてはくれないだろうし、踏み込む気が起きなかった。

「よく分からないけどちゃんと寝たらどうですか？　いつか倒れますよ」

「あー、朝ギリギリまで寝てるのは事実なんだけどね。寝つき悪くて」

「ラベンダーが良いらしいですよ、安眠効果」

「俺からラベンダーの匂いが香ったら、それはそれで気持ち悪くない？」

「いや、別に」

校門をくぐり、挨拶《あいさつ》活動をしている風紀委員に軽く会釈をして、下駄《げた》箱で靴を履き替える。廊下に行けば既に上履きに履き替えた先輩がいて共に階段へと向かった。

「今日買ったらどうですか？　しょうがないから選んであげますよ」

「一緒に行く事許可してくれたの？」

「……不服ですけどね」

一緒に行くつもりはなかったので、不服と言えば不服である。けれど、その隈を改善出来るなら構わないかと思った。さすがに、気になって仕方がないのだ。本人は気にしていないだろうが、見ているこっちからすれば、いつか倒れてしまいそうで怖い。

「良質な布団、良質な枕、いい匂いのするベッドは大事」

「睡眠好きなの？」

「寝るの嫌いな人間なんていなるんですか？」

「俺はあんまり好きじゃないから」

「そんな事言ってるから隈出来るんですよ、寝ろ」

「突然きつくなるじゃん。何？　心配してくれた？」

冗談半分に聞いてきた先輩が、じゃあまた後でと言う。頷《うなず》いて別れようとしたが、階段を上り始めた先輩の丸まった背を見て、思わず口が滑った。

「心配ですよ」

「え？」

気づいた時には既に遅し。思わず口を手で押さえたが、先輩は階段の上で立ち止まり、初めて会った時と同じ、垂れ目がちな目を大きく見開いていた。いつも上がっている口角が下がっていて何だか新鮮だった。私は口から手を離し、息を吐いた。口走ってしまったのだから、正直に話すべきだろう。この人に嘘や隠し事が効かないのはもう充分知っている。

「そんな隈があるのにヘラヘラ笑いながら猫背で歩いてると、どれだけ先輩が平気だって言っても平気には見えないし、きっと泉先輩とか友達だって心配すると思います」

先輩は動かなかった。私は固まった彼を見て大きな声で叫んだ。

「だから、安眠グッズ買ってちゃんと寝ろ!! さよなら!!」

言い切って背を向け歩き始める。後ろから弾《はじ》けたような笑い声が聞こえたが気にしない。振り向いたら絶対にいつもの笑みを浮かべているはずだから、腹が立つので見ない事にする。ちゃんと伝わっていればいい。隈が見えなくなるくらい眠れるようになればいい。教室に辿《たど》り着いた私は友人たちに軽く挨拶をして自分の席についた。話しかけてくる由佳梨ちゃんをよそに、机の下で携帯電話をいじり、安眠グッズ探しに没頭した。

放課後の挨拶活動は滞りなく終わった。前回と同じように大声を上げて挨拶をしていた泉先輩と、それを真似て大声を出していた由佳梨ちゃんだったが、前回よりも声の通りがいいような気がした。聞けばこの連休中、発声練習に没頭したらしい。とんでもない人間だ。だから恋は好きになれない。ここまで人をおかしくさせるなんて、さすがに呆《あき》れを通り越して引いてしまった。

架間先輩は変わらず猫背で、ポケットに手を入れたまま間延びした声で挨拶をしていた。横顔を見れば朝よりも薄くなった隈が見えて、それが少し安心したのは言うまでもないだろう。鞄を手に取り靴を履き替え、校舎を出る。そうすれば先輩たちが待ってて、前回と同じように正門の隣の小さな門を出て、二人と別れた。歩き始めた架間先輩を追いかけるように足を早める。私が付いてきた事に気付いたのか、先輩の歩く速度は少しだけゆっくりになった気がした。

「先輩授業中寝ました？」

「何で分かるの？」

「隈薄くなってるから」

「午後一の国語の授業が最高に気持ちよくて」

「居眠り」

「春眠暁を覚えずって感じだった」

「それ、春の夜は短くてついつい寝過ぎるって意味だから」

「そうだっけ？　物知りだね」

踏切を渡って向かった商店街は今朝の様子とは打って変わり、買い物客でにぎわっていた。お目当ての中華料理店の店頭販売に一直線に向かう。

「お腹空《す》いたんだよね」

「お昼ご飯食べたんじゃないんですか？」

「男子高校生なんていつでも腹減ってると思った方がいいよ」

中華まんの店頭販売は思いの外人気で行列が出来ていた。驚きながらもその列に並ぶ。

「そういえば連休中何してたの？」

先輩は思い返したかのように指を鳴らした。パチンといい音が鳴ったのを見て、同じように指を鳴らす。しかし、彼のようには上手《うま》く出来なかった。

「短期アルバイトです」

「へぇー何の？」

「工場で検品したり物詰めたりする作業」

「それ稼げる？」

「意外と」

短期アルバイトが終わった際、渡された茶封筒の中身を見た時は心が躍ったものだ。

「先輩は何してたんですか？」

特に気になったわけでもないが聞かれたので聞き返してみる。彼は、同じだよ、と言葉を続けた。

「給料良かったですか？」

「良かったから欲しい物買おうと思って今日誘ったんだよ」

連休中はきっと人も多かったから、忙しかっただろう。それにしても同じようにアルバイトをして時間を過ごしているのに少し驚いた。今日、クラスメイトと連休中どう過ごしたか話をしたが、多くの人が部活動で忙しかったか、あるいは家族で旅行に行ったり、友人と出掛けたりしたと話していた。高校生活が始まってまだ一ヶ月しか経っていないので、アルバイトを始めている生徒が少ないのもあったのかもしれない。

「何欲しいんですか？」

「靴。瀬戸は？」

「私は服とか、小物とか。特にこれが欲しいって言う物はないんですけど」

「お金入ると何か買いたくなるよね」

「そうですね。お金の魔力は恐ろしいですからね」

「何だそれ」

話している間に順番が回って来る。先輩があんまんでいい？　と確認してきたので頷く。注文を口にしたと同時に、蒸し器の中に入っている色白で大きなあんまんと綺麗《きれい》なひねりが特徴の肉まんが取り出された。蒸気がこちらまでやってきて、匂いを嗅《か》ぐだけで幸せな気持ちになる。しばらくその匂いに浸っていると、手にあんまんが渡されて、店員が値段を言った。我に返った私は財布を取り出そうとしたが、先輩は私の空いている方の手に自分の肉まんを握らせた。

「いいよ、出すから」

「いやでもこの前私が奢《おご》りって言ったじゃないですか」

「このくらい大した事ないから」

私の制止を聞かず、先輩は店員にお金を渡してしまった。お釣りを財布に入れ、ポケットに戻してから肉まんを受け取った彼を見て、何だかやるせない気持ちになった。

「……出すって言いました」

「いいって言ったじゃん。この前のあれは冗談みたいなもんだし」

「でも私二回も奢られた……」

「大した金額じゃないからいいでしょ。それに年下に払わせるってちょっとださくない？」

「それはちょっと分からなくもないですけど」

「でしょ？　だからいいよ」

早く食べようと言った先輩を見た。奢ってもらうのはありがたいけれど、さすがに二度目は失礼だ。先輩が特に何も考えずお金を出したのは分かるけれど、彼の恋人でもなくただの後輩に過ぎないので、反応に困ってしまった。しかし、これだけは言える。

「先輩」

「ん？」

既に食べ始めた先輩は頬を大きく膨らませていた。その姿がリスのようで、おかしくて笑ってしまう。

「ありがとうございます」

私はいただきますと言って、あんまんを口にする。白くて柔らかい皮の中から滑らかなこし餡《あん》が口になだれ込んできて、一瞬にして口の中が餡だらけになり幸せな気持ちに包まれた。

「美味《おい》しい！」

感動して大きな声を出した私を見て先輩は突然吹き出した。視線を移せば、先輩はいつものようなどこか達観した姿ではなく、年相応の姿で笑っていた。

「……何ですか」

「いや、凄《すご》い感動してるから面白くて」

「悪いですか」

「良いと思うよ。素直にしてる方が面白いって」

「面白いって……」

未《いま》だ笑い転げる先輩を見て腹が立ったので、その手にある肉まんを半分ほどちぎって奪い取った。彼は悲鳴を上げたが、お構いなしにそれを口に運ぶ。あんまんとは違う少し硬めの皮と味付けされた肉が絶妙に合っていて、とても美味しかった。

「何で取んの」

「先輩ピザまんの方が好きって言ってたので」

「ピザまんはコンビニじゃん」

「肉まんが食べたかったので」

「言えばあげたよ」

不貞腐《ふてくさ》れた先輩は残った肉まんをちまちま食べながら、小言を言い続ける。その姿が面白くて、今度は私が吹き出してしまった。すると先輩は私の手からあんまんを奪った。

「ちょっと‼」

「半分貰《もら》わないとフェアじゃない」

「あー‼」

餡が多い方を奪っていった先輩はどや顔でこちらを見た。腹が立って先輩の足を軽く踏んで歩き始める。ちぎられたあんまんは無残な姿に変わっていた。足を動かせばすぐ後ろから足音が聞こえたので、きっとついてきているのだろう。

「ごめんって」

「あんまんの餡持ってくって最低中の最低」

「瀬戸だって俺の肉まん奪ったじゃん」

「私は肉の部分少ない方取りましたよ！　優しいから！」

「自分で言うんだ」

残った最後の一口を口に入れれば、先輩は既に食べ終わっていたようでゴミを丸めて宙に投げてはキャッチするのを繰り返していた。

「で、どうする？」

「ショッピングモールでいいんじゃないですか。そしたら全部解決でしょ」

「確かに、そうしよう」

分かれ道を同じ方向に曲がり街へ向かう。金曜日だからなのか、若者とスーツを着た人たちが大勢見受けられた。スクランブル交差点を越えて、大型ショッピングモールに足を踏み入れる。初めに先輩の用事である靴屋に足を運び、彼が選んでいる間に雑貨屋を何軒か回った。洋服も見たがこれと言って気に入ったものは見つからず、結局髪留めだけを買って靴屋に戻ろうとした。しかし、その時目に入った商品に思わず足を止めた。それは私が必要な物ではなかったが、手に取ってレジに向かう。戻った頃には、既に先輩は買い物を終えていたようで壁に背を預け携帯電話をいじっていた。

「終わりました」

声をかければ先輩は顔を上げて、携帯と口にする。言われたままに自分の携帯電話を見れば、先輩からメッセージが来ている事に気付いた。

「今気づきました」

「だろうね。何か買えた？」

「髪留めを。服は微妙でした」

「髪留めにしてはでかくない？」

彼が指差した先には紙袋があった。私の左手に握られたそれは、明らかに髪留めのサイズではない。衝動的だった。買うつもりなんてなかった。気づいた時にはレジにいて、ご丁寧にラッピングまでしてもらった。こんなのあげる間柄でもないのに、何故かこれを買ってしまったのだ。今だって渡そうか悩むくらいだが、後悔しても遅いのは確かだった。

「これは……」

言葉に詰まった。真っ黄色の紙袋を握りしめて次に出す言葉を探す。しかし、最適な答えは見つからなかった。疑問の表情を浮かべる先輩を見て、もうどうにでもなれと思い紙袋を押し付ければ、うおっ、と声を上げ、先輩は紙袋を受け取った。私はセットした前髪をぐしゃぐしゃにして大きく深呼吸をした。

「あげます！」

「え……」

「先輩に、それ」

紙袋を指差すのが精一杯だった。先輩は紙袋の中身を見て、プレゼント？　と口にした。私は首を縦に振って、必死に言い訳を探した。

「いや、あの、二回も奢ってもらったし」

ガサガサと、ラッピングが剝《は》がされていく音が聞こえるが、そちらを見る事は出来なかった。

「買う予定はなかったんですけど、まあ買っちゃったし」

しどろもどろに視線を横に動かしながら、何とか言葉を紡ぎ出す。やがてラッピングは剝がされ、中から透明なビニールに包まれた、チェック柄のアイマスクが出てきた。手の中に収まるそれは紺色で、柔らかい触り心地であった。中にラベンダーの匂いの素《もと》が入っていて、つけて眠るとリラックス出来るという安眠グッズだった。

先輩がポツリと呟《つぶや》いた時、私はふと、朝の会話を思い出した。

『俺からラベンダーの匂いが香ったら、それはそれで気持ち悪くない？』

匂いには好みがあるから、いくらラベンダーの匂いは安眠効果があると言われても、先輩が好きだとは限らない。しかし、このアイマスクは朝のホームルーム中に机の下で必死に検索をして見つけた商品だった。値段も手ごろで、男性も使いやすいデザインだった。これを見て、帰りに先輩に薦めようと思っていたのだが、見つけた瞬間、思わず買ってしまったのだ。

気に入らなかったらどうしよう。必要ないと言われたら何て返そう。起こり得る反応を考えて脳内でシミュレーションを繰り広げる。結果、気に入らなかったら私が取り上げて嘘ですと言い、持って帰ろうと決めた。さすがに厳しいかもしれないが、物が無駄になるよりかはずっといい選択だろう。

ずっと黙り込んでいた先輩は人目も気にせず突然アイマスクをつけた。驚く私をよそに、何度も目元を押さえて首を横に振っている。壊れた玩具《おもちゃ》のようで少し怖かった。

ふと、彼の唇が動いて何かを発した。しかし、それは私の耳に届く事はなかった。

「え？」

聞こえなかったので聞き返せば、先輩は顔を上げ、アイマスクを首元まで下げて、見た事ないような表情で笑った。

「ありがとう、大切にする」

腹が立つ笑みでも、どや顔でも、年相応の姿でもない。その笑顔は確かに、私の脳裏にこびりついた。形容しがたい想いがこの胸を駆け巡り、心臓をきつく握り締められ、酷《ひど》く浮ついた気分になった。しかし、瞬《まばた》きをすればそれも終わった。自分の胸に手を当て、今の痛みは何なのかを考えたが、答えは出てきそうにもなかった。

「ラベンダーの匂いを纏《まと》う男になる」

「先輩、ラベンダーの匂いが香ったら気持ち悪くない？　って言ってませんでした？」

「言った。でも思いの外いい匂いだから採用する」

「採用って……」

気に入ってくれた事に喜びながら、先程まで考えていた案を実行しなくて済んだ事に酷く安堵《あんど》した。

「誕生日プレゼント？」

「違いますよ、安眠グッズの話してたから。ていうか先輩誕生日なんですか？」

「ううん、俺誕生日四月だし」

「終わってるじゃないですか。でも、まあ誕生日プレゼントって事にするのもありです」

「そうだね、ありがとう」

「どういたしまして」

先輩はアイマスクを再びつけた。傍《はた》から見ればやばい人である。

気が済んだのだろう、アイマスクをラッピングされていた袋に戻してしまった先輩は、紙袋を手に持ってこちらを見た。

「瀬戸は？」

「はい？」

「誕生日、いつ？」

「私三月です。三月七日」

「確か卒業式の日だ」

「へぇー」

先程ぐしゃぐしゃにした前髪を直しながら相槌《あいづち》を打つ。ふと腕時計を見れば時刻は十八時を指していて、窓の外はもう暗くなり始めていた。それに気づいた先輩は、帰ろうと言ってショッピングモールの出口へと歩き出した。

「じゃあ卒業式の日何かあげるよ」

「私卒業式出るの確定なんですか？　出たくない」

「出なくても学校来ればいいじゃん」

「休みの日に？　面倒な」

「面倒なって、まあ確かに面倒だけどさ」

卒業式と聞いて、私たちに二年間の差があった事を再確認させられる。当たり前に先輩と呼んで時間を共有しているが、来年、彼に会う事はないのだ。そう考えると少し寂しいような気もした。

「まあとりあえずお返しはするよ」

「期待せず待ってます」

「可愛くないな」

自動ドアが開いて外に出る。五月の夜とは言え、寒がりの私にはまだ少し冷えているように感じた。視線を上げれば学校の最寄り駅とは違い、多くの人で賑《にぎ》わう駅が見えた。その後ろに沈みかけた夕陽がゆらゆらと動いていて、空は紺色と赤でグラデーションがかかっている。雲の影は濃い紫色で、宵の明星が一つだけ光り輝いていた。

これから茹《う》だるような夏が来て、秋風が吹き、凍りつくような冬が来る。そして寒さを残した春が来た時、別れは訪れる。けれど、それはまだずっと先の事だ。この胸に小さく燻《くすぶ》る寂しさは、大きくならないままで消えるだろう。

スクランブル交差点の信号が変わり歩き始めれば、私たちの影が白い横断歩道を灰色に変えていた。先輩の影は私よりずっと長くて、一歩踏み出す度に大きく揺らめいた。それについて行こうと足を動かすが影は追い付かない。すると、先輩の影が緩やかになり私たちの影は重なった。地面ばかり見ていた私は顔を上《あ》げる。先輩はいつもの腹が立つ笑みを浮かべていた。私は睨《にら》み返したが、どう足掻いても先輩の身長を超す事は出来そうにないので大人しく厚意に甘える事にした。

マンションの前まで送ってくれた先輩の背には真っ暗な空が見えた。宵の明星はいつの間にか姿を消し、代わりに三日月が輝いていた。その光が先輩を照らしていて、不意に、太陽に愛されるのが泉先輩なら、この人は月に愛されているのかもしれないと思った。それほどまでに、先輩には月明かりが似合った。

「じゃあまた」

「送ってくれてありがとうございます」

「春は変質者が多いからね」

「先輩が変質者にならないように気を付けてください」

「おい」

「冗談ですよ、冗談」

学校を出てから、実に四時間以上も時間が経っていたが、まだ話し足りないような気がした。今日一日が、そこまで悪くない日だったからなのかもしれない。

「来週から朝の当番ですからね、寝坊しないでくださいよ」

「瀬戸こそ、朝嫌いなんじゃないの?」

「めちゃくちゃ嫌いですけど頑張るしかないじゃないですか」

「しかも来週月曜日は服装検査あるしね」

「忘れてた、絶望」

「ちゃんと憶《おぼ》えときなよ」

「先輩が憶えてるなんて意外」

「知ってた？　俺これでも副委員長」

来週の月曜日は朝から服装検査だ。つまり、私は当番の日同様、早起きをしなければならない。最悪だ。

「じゃあ、もう七時だから」

「本当だ」

時間を確認すればいつの間にか時計の針は七を指していた。ショッピングモールからここに至るまで、ずっと話していたので時間を気にも留めていなかった。七時だからと言って誰かが帰ってきているわけでもなく、門限がない私にとっては問題がなかったが、先輩にはあるのかもしれない。申し訳ない事をしたと思い、一度謝罪を述べた後、別れの言葉を口にする。まだ話していたいと思うのは、多分私が帰りたくないからだ。けれど、それを言って引き留める気はなかった。去っていく背中に手を振る。先輩は軽く手をあげて歩き始めたが立ち止まり、こちらを振り返った。

「言い忘れた！」

距離が空いているので大きな声を出した先輩に、私も声を張って返事をする。

「何ですかー⁉」

両手を口に添えて声を発すれば、先輩もそれを真似て返事をしてきた。

「また来週‼」

そう言って何度か手を振り、歩き出した先輩の背中を、私は見えなくなるまで見送った。そしてマンションの中に入りエレベーターのボタンを押した。開いたエレベーターの中に人はおらず、五のボタンを押してドアを閉める。また来週、その言葉を噛《か》み締めて、溢《あふ》れる笑みを堪《こら》えた。

「別に嬉《うれ》しくない」

嘘だ。また来週、会えるのを楽しみにしている自分がいる。

「楽しくなかった」

嘘だ。今日一日、彼と一緒にいる時はずっと笑っていた。愛想笑いではなく、心から溢れた笑顔だった。

「気になってない」

口にした時、エレベーターが五階に止まった。降りた私は立ち止まる。気になっていない、それは本当だろうか。本当にそう思っているだろうか。恋愛的な意味ではなく、ただの先輩後輩としての関係性だろうか。

考えていると、自分の左手小指が目に入った。そこには変わらず先の見えない紅《あか》い糸が存在していて、蝶々《ちょうちょう》結びで結ばれている。

「違う」

そうだ。気になってなんかいない。ただ、こんな風に異性と放課後寄り道した事がなかっただけだ。彼は悪い人ではなかっただけだ。好きでも何でもない、少しノリのいい先輩だ。

だってずっと運命の相手を探している。物心ついた時からずっと、小さな子供が白馬の王子様を探しているように、私だけの運命の相手を探している。紅い糸が繫《つな》がる先を、ずっとずっと探しているのだ。会えたら幸せになれると信じて疑わない。赤い糸の繫がっていない人とは上手《うま》くいかない。それが世界の真理だと分かっている。

顔を上げて足を踏み出した私に、先程までの疑問はなかった。架間先輩はただの先輩で、私はただの後輩。今日だって委員会の帰りに寄り道しただけだし、プレゼントだってただ買った、それだけの理由だ。

扉に鍵《かぎ》を差し込んで右に回す。ガチャっと音がしてドアノブを摑《つか》み玄関の扉を開けた。


三十分早く家を出て、寝ぼけ眼《まなこ》で道を歩く。校舎に入る前に服装を正し、会議室に向かう。三十分早い朝は静かで、渡り廊下に出れば新緑が生い茂っていて青臭い匂いが鼻につんと来た。廊下を歩いていると声が聞こえて、会議室に人がいる事が分かった。扉を開ければ既に多くの風紀委員が集まっていて、賑やかに談笑をしていた。朝が早いのに皆元気な事だと思いながら、視線の先で手を振った由佳梨ちゃんの元に向かう。

「おはよう！」

「おはよう、元気だね」

「朝から先輩が見られるからね！」

至極当然だと言わんばかりに腰に手を当てて口角を上げた彼女を見て、私は朝から頭が痛くなった。もう何も言わないが、恋に生きるとはこういう人間の事だとよく思う。朝、好きな人の顔を見てテンションが上がり一日を楽しく過ごせるのなら、私にもその感覚を分け与えて欲しい。考える事を止めたら今にも眠ってしまいそうだ。

「服装検査は、好きじゃないよね……」

「私もそう思う」

先週末買った髪留めをつけてこようと思ったが、翡翠《ひすい》色の小さな石がついた髪留めで、服装検査をする側が何かをつけているのはまずいのではないかと考えた。これが終わったらつけようと思い鞄《かばん》の中に仕舞われているが、今日一日目立った姿をしない方が身のためかもしれない。可能な限り面倒事は避けたかった。

周りを見渡せば皆制服をしっかり着こなしていた。いつもはスカートの丈を短くしている芳賀先輩でさえ、今日は元の丈に戻している。ふと、架間先輩の姿がない事に気付いた。きっと遅刻ギリギリで来るのだろうと思いながら、視線を落とした。

眠気を覚ますため頰を叩《たた》き気合を入れる。菱川先生が会議室に現れて、全員いるかと点呼を取り始める。自分の名前が呼ばれて返事をした。先生は架間先輩がいない事に気付き、持っていたペンで頭を掻《か》いた。

「泉、架間は知らないか？」

「いえ、特には。瀬戸は知ってるか？」

「え？　私？」

突然呼ばれて驚いた瞬間、一斉に視線がこちらに向いた。糸の色がいつもよりも深さを増した。この糸は誰かの嫉妬《しっと》や負の感情を反映した時、普段よりも濃く見える性質を持っていた。視界の下半分が紅色に支配された事で焦ってしまい、大きな声を出す。

「知らないです!!」

「そうか、じゃあまたいつものだな」

先生が全くと言いながら大きく溜息《ためいき》を吐いた。しかし、未《いま》だ視線はこちらに集まっていた。私は可能な限り視線を下げないようにしようと思ったが、芳賀先輩と目が合ってしまい気まずくなって思わず視線を落とす。そうすると皆の紅い糸が自分の身体に絡まった気がして、不意に身体がふらついてしまう。それに気づいた由佳梨ちゃんが私を支えた。

「どうしたの？　大丈夫？」

「大丈夫、ちょっと足が当たっただけ」

そうは言いながらも、一度浴びてしまった注目をどうすれば無くす事が出来るのか必死で考えていた。目をギュッと閉じて下を向く。見ないようにすればいいのだ。私しか分からないのなら、私が見なければいい。少し時間が経ったらきっと良くなるはずだ。そう思った時だった。

ガラッと大きな音を立て会議室の扉が開いた。思わず顔を上げた先には、いつも通りの格好をした先輩がいて、皆の視線は彼に釘付《くぎづ》けになっていた。架間先輩はおはようと言って、何食わぬ顔で鞄を置く。すると先生が声を上げた。

「架間！　早く来いって言っただろ」

「来たよ、間に合った」

「間に合ってないぞ、点呼は今取り終わった」

「ええー、そこを何とか」

「いつもそれが効くと思うなよ！　そして髪！　制服！　今日くらいは正しなさい！」

まるで先生がお母さんのようだ。面倒くさいという先輩と、それを叱る先生は思春期の息子とその母親のようで、二人に注目が集まる。私は数度瞬《まばた》きをして下を見た。すると自分の身体に絡まって見えた糸は消えていた。安堵《あんど》して胸を撫《な》で下ろす。しかし、隣にいた由佳梨ちゃんは私が心配なようで繰り返し大丈夫？　と聞いてきた。

「つむぎちゃん、大丈夫？　調子悪い？」

「ううん、寝ぼけてただけだよ」

「そう？　しんどかったら言ってね」

「ありがとう」

久し振りに味わった感覚に、左手が少し震えているのに気づき、反対の手でそれを包み込んで隠した。

「じゃあ行くぞ」

先生の掛け声とともに、生徒たちが会議室を出ていく。私はもう一度頬を叩いて気合を入れなおす。会議室から出ようとしたが、早速指導された架間先輩が学ランのボタンを留めながら声をかけてきた。

「おはよう」

「……おはようございます」

先輩は文句を言いながらボタンを一番上まで留める。

「ベルトどうしようかな」

「何で今日服装検査なのに、いつもの格好で来たんですか？」

「別に校則違反ではないからいいかなって」

「違反じゃないけど検査する側が緩かったら駄目でしょ」

髪をワックスで上げる事も、学ランの前を開けている事も、鮮やかな青色のベルトも全て校則違反ではない。彼を校則違反と言ったら、引っかかる生徒がごまんといる。しかし、私たちは風紀委員で検査をする側だ。だからこそ、他の生徒よりも正しい格好をしなければ示しがつかない。面倒だし今すぐにでも着崩したい気分だが、残念ながらそうはいかないのも知っている。

会議室にはもう私たちしかいなかった。どうやら由佳梨ちゃんも先に行ったようだ。私も早く行かないと、と思っていた矢先、突然廊下に出た先輩は、水道で手を濡《ぬ》らし、その手で前髪を乱暴に乱した。

「そんなワイルドな……」

「格好いい？」

「どっちかというと頭悪い」

「これが手っ取り早いからいいじゃん。どうせ終わる頃には乾いてるし」

思いの外長かった前髪は目に入りそうだった。いつもより幼くなった先輩は邪魔くさいと言ってそれを上げる。

「上げたら意味ないじゃないですか」

「でも邪魔じゃん」

「切ればいいのに」

「鋏《はさみ》持ってる？」

「別に今切れとは言ってない」

呆《あき》れながら、櫛《くし》でも貸そうかと思い会議室に戻って鞄を開けたが、私よりも先に先輩の手に櫛を渡した人物がいた。

「はい、ちゃんと直した方がいいよ」

「ありがとう芳賀」

思わず鞄のチャックを閉めた。てっきり先に行ったと思っていたが、わざわざ引き返してきたらしい芳賀先輩に驚きながらも、二人の会話を眺めた。

「解人、相変わらずなんだから」

「男なんてこんなもんじゃない？」

芳賀先輩が彼を下の名前で呼ぶのは知らなかった。二人の様子は親し気で、深い仲を思わせるようだった。嫌がる先輩の前髪を触った彼女は、笑いながらそれを整えていた。何だか気分が優れない。別に、先輩が誰と仲良くしていようが関係ないのに、面白くないと思ってしまったが、芳賀先輩の糸は彼に繋《つな》がっているわけではない事に安堵した。

先に行ってしまおう。そう思い二人の横をすり抜ければ、腕を掴《つか》まれた。嫌々ながらも振り返れば、掴んだ架間先輩が何故か焦ったような顔をしていたので、意味が分からなかった。

「何ですか」

「いや、どうせだから一緒に行こうって」

「別に一緒に行かなくても良くないですか？　早く集合しないといけないし」

「俺ももう行くし」

芳賀先輩に踵を返した先輩は、私の腕を解《ほど》き、先を歩き始めた。疑問に思いながらその背を追ったが、後ろから甘ったるいシャンプーの匂いが香ったと同時に、彼の隣に芳賀先輩が並んだ。

「二人って仲良いの？」

そう言いながら私を見た芳賀先輩の目は酷《ひど》く冷たかった。視線を下げれば、彼女の糸が私に絡まっているような感覚に襲われる。否定の言葉を口にしようとしたが、架間先輩がそれを遮った。

「割といいよ」

ね？　とこちらに聞き返してくる先輩の横にいた芳賀先輩の視線がより冷たくなった。

私は目を逸《そ》らして、足を早め、二人を追い越す。

「全然良くないです」

「いや、良いって」

「解人だる絡み止めなってー。瀬戸さん困ってるじゃん」

突然、私の腕を掴んで自らの腕に絡ませてきた彼女は、こちらに向かって微笑みを浮かべた。しかし、目が笑っていない。今すぐにでも腕を振り解いてやりたかった。

「帰る方向が同じなだけです」

芳賀先輩から距離を取るように階段を降りていく。するりと腕が解かれて安堵したのもつかの間、架間先輩が余計な一言を投下した。

「先週一緒に出掛けたじゃん」

何で、それを、今言う。胸倉を掴んで叫んでやりたかった。これほど分かりやすい好意を向けられているというのに、この男は気づいていないのか。そして私が牽制《けんせい》されている事に気付いているのだろうか。いつもの察する能力はどこに行ったと言ってやりたかった。芳賀先輩は面白くなさそうに相槌《あいづち》を打った。

「それはたまたまです、偶然利害が一致しただけで」

「奢《おご》ってやったのに、冷たいな」

「先輩が後輩に出させるのは格好悪いとか言ったから」

今すぐにでもこの空間から逃げ出したかった。申し訳ないが、今はこの足に絡まっている糸を早く解きたい。最後の一段を飛び降りて下駄《げた》箱に向かう。やっと離れた距離に安堵すれば、下駄箱の前で友人が待っていてくれた。

「あ、来た来たつむぎちゃん！」

今日ほど由佳梨ちゃんの存在に感謝した事はないかもしれない。急いで靴を履き替えて、彼女に引っ張られるように二人から離れた。振り向いた時、架間先輩は少し寂しそうな顔をしていたが、どうすればいいのか分からなくて視線を逸らした。

そこからの服装検査は正に地獄だった。下級生の私たちが、違反をしている上級生に強く言えるわけもなく、少し声をかけただけで睨《にら》まれる始末だった。泣きそうになる由佳梨ちゃんの背を叩《たた》き、二人で顔を合わせて頑張ろうと言い合いながら何とか役目を終えた。終わった後の様子は皆げんなりしていて、元気なのは泉先輩だけだった。彼は絶対、何か憑《つ》いているに違いない。テレビに出ている熱血で有名な芸能人とそっくりだ。

「よし、お疲れ様!!　あと十分でチャイムが鳴るから、急いで教室戻れよ！」

「行こう、つむぎちゃん。私もう疲れた」

「分かる。凄《すご》い精神擦り減った気がする」

由佳梨ちゃんと腕を組みながらお互い励まし合い校舎に向かっている途中、架間先輩がこちらを見て何かを言いかけたが、後ろにいた芳賀先輩の視線が怖くて目を逸らしてしまった。すると芳賀先輩は彼に声をかけて一緒に校舎に帰っていく。その後ろ姿を見て、ぽつりと口から言葉が漏れた。

「何だ、モテるんじゃん」

心臓にチクッと何かが刺さった気がした。よく分からない現象に顔をしかめたが、教室に戻りクラスメイトと話す頃にはその感情もなくなっていた。

架間先輩と顔を合わせず、連絡も取らないまま金曜日の朝が来てしまった。目覚ましの音で布団から顔を出し、枕元で充電をしていた携帯電話を見る。先輩からの連絡はない。それが当たり前なのだが、月曜日の朝、何か言いかけた先輩から目を逸らしてしまった事に後悔を抱いていた。いくら芳賀先輩が怖かったとは言え、少し酷い事をしてしまったかもしれない。

慣れた手つきで制服の袖《そで》に腕を通し、洗面台へ向かって寝癖を直す。ハーフアップにした結び目に先日買った髪留めをようやくつけた。指で口角を上げた後リビングに向かう。そこには新聞を見ながらコーヒーを飲む父と、ソファーに背を預けテレビを見ている母がいた。会話はなく、ただテレビの音だけが部屋を支配していた。

今に始まった事ではないので、もうどうにでもなれと思っているのだが、毎朝あんなにも重苦しい空気の中時間を過ごすのは苦痛である。夜は家族三人が揃う事はないのでまだ気は紛れるのだが、朝はどうしても駄目だった。両親の関係はもう戻らないだろう。

修復出来ない所まで来てしまっているのを、私は知っている。

「どこにも居場所ないな私」

エレベーターを降りてエントランスを出た時、そんな事を思った。私の帰る場所はここしかなくて、逃げる場所はどこにもない。虐待されているわけでもなければ、生活が送れていないわけでもない。けれど、心の逃げ場はどこにあるのだろう。世界には自分より不幸な人が沢山いる。そんな事は分かっている。しかし、今、どこにも居場所がないと思っている私がいるのも事実だ。学校に問題があるわけでもない。友人関係にも問題はない。けれど、この心の穴はどこで埋めればいいのか分からなかった。幸せな振りをしているだけで、心は空っぽな気がしてならなかった。

高校に入学して一ヶ月半、通学路にも慣れた。商店街を抜けて踏切の前、猫背が特徴的な背中を見て足が止まった。声をかけるべきだろうか。この前、彼は声をかけてくれた。しかし、数日前の事が私の中でまだ尾を引いていた。

ほとんどの女子生徒は泉先輩目当てで入っているのを知っていたが、その中でまさか架間先輩を好きな人がいると思わなかった。いい人かもしれない、でも腹が立つ時は多々ある。知り合ってわずか一ヶ月半の私が言うのだから、彼の周りの人も同じような印象を持っていると思っていたが、まさかあそこまで先輩を好きな人がいるとは思わなかった。

可能な限り目立ちたくなかった。注目を浴びれば良くない事が起こる。中学生の時、それを学んだ。恋心を抱いた人が近くにいて、好きな人が自分の知り合いであった時、仲良くするとろくな事がない。嫉妬《しっと》は人を醜くさせ、関係のない人間を攻撃する。

間違いなく、芳賀先輩に目を付けられただろう。それが嫌で堪《たま》らなくて思わず大きな溜息《ためいき》を吐いた。好きでこうなっているわけではないのに、巻き込まないで欲しい。

架間先輩はただの先輩だ。話しやすい、けれど良くからかってくる、ただの先輩後輩の関係だ。彼女が嫉妬を感じる必要がないという事をどうやったら分かってもらえるのか考えつかない。このままでは私の精神衛生上良くない。

「瀬戸？」

項垂《うなだ》れた時、頭上から声が降ってきた。それは間違いなく、先程から背を見ていた先輩の声だった。

「おはようございます」

「おはよう、後ろにいたんだ。声かければ良かったのに」

「迷いました」

「何でだよ」

特に気にした様子もない先輩は顔を綻ばせ隣を歩く。目の下の隈《くま》を確認してしまうのは、もう癖になってしまったのかもしれない。隈は薄くなっていた。

「今日よく眠れたんですか？」

「何で分かるの？」

「隈、薄いので」

自分の目の下を指差して教えると、先輩は納得したように声を上げて突然顔を近づけた。目の前にやって来た先輩の顔に、思わず固まって息が止まりそうだった。三十センチもないだろう距離で、睫毛《まつげ》が思っていたよりも長い事に気付く。髪の生え際にできものが出来ている。眉毛《まゆげ》の中に小さなほくろを発見した。そんなどうでもいい情報ばかりが入って来る。私の身長に合わせるように腰を曲げた先輩は、ほら、と薄めの唇を動かした。

「あれが効いてる」

「……は？」

「ラベンダー、匂いしない？」

そう言われた時、風が吹いて微《かす》かにラベンダーの匂いが香った。ああ、これが言いたくて顔を近づけたのか。理解した私は彼から離れる。そして平静を装って顔をそむけた。

「なら良かったです」

「ラベンダーの匂いを纏《まと》う男になったけど」

「いや、全然。辛うじて分かるくらい」

「本当に？」

制服の匂いを嗅《か》ぐ先輩を見て、そもそも制服で寝ているわけではないだろうからそこを匂っても意味がないのではと思ってしまい、冷めた視線を送った。それに気づいた先輩は不服そうな顔をして何だよ、と言ってきたので、首を横に振った。

「仲良くないって言うし」

「……気にしてたんですか」

「気にするでしょ。俺的には割と仲いいと思ってたんだから」

唇を尖《とが》らせて固めた前髪を触る先輩は、先日の件を根に持っていたようだ。

「勘違いされない方がいいかなって思って」

「芳賀に？　俺別に芳賀と何もないけど」

「それは知らないですけど……」

「何？」

開きかけた唇が音を発する前に閉じられた。今、私は何を言おうとした。彼女が貴方《あなた》の事を好きなせいで、とでも言おうとしたのか。人の気持ちを勝手に言った挙句、信じられもしない話をしようとしたのか。自分が言おうとした事がどれだけ言ってはならない事か気付いた時、冷水を浴びせられた気持ちになった。何故話そうとしたのだろう。先輩なら信じてくれるとでも思ったのか。馬鹿みたいだ。信じてもらえない事をこれまでの人生で理解しているだろう。

「……何でもないです」

「本当に？」

「はい」

冷静になって言いかけた言葉を喉奥《のどおく》に飲み込んだ。絆《ほだ》され過ぎている。当初の予定では仲良くなるつもりもなかった人間に絆されて真実を伝えそうになった。信じてもらえず、辛い思いをするのは自分なのに。だから言わないのに、私は最近浮かれているのかもしれない。その指に糸がない事を再確認してから話をすり替えた。

「そういえば、そろそろ体育祭ですね」

「ああ、再来週。瀬戸は何の競技出るの？」

「私は五十メートル走と綱引きですね」

「俺も五十メートル走と後は騎馬戦」

「騎馬戦やばそう」

「俺下だけど、想像しただけでやる気でない」

再来週に迫った体育祭を前に、校内はどこか騒がしかった。先日のホームルームでは種目決めに白熱していた。運動の出来る子が嬉《うれ》しそうな反面、苦手な子たちは顔をしかめていた。そのどちらでもない私は、ただ黒板に書かれた競技を見て人が少なそうな所に手を挙げ、競技が決まってからは、騒ぎ続けるクラスをよそに窓の外を見ていた。

「縁樹が上なんだよ、俺たちの騎馬」

「うわ強そう」

「だよね。騎馬戦は三年だけだから手加減しなくて済むとか言ってたけど、正直三年同士がぶつかる方がやばいよね」

「何でですか？」

「だってほぼ成人男性が喧嘩《けんか》してるようなものだよ。危なくない？」

「それ聞くと一気に危険度が上がった」

「ね。怪我しないように何とかしたいんだけど、多分縁樹の事だから突っ込めとか言うんだよ。嫌すぎる」

肩を落とした先輩を見て、私にとっては最初の体育祭だが、彼にとっては最後の体育祭だと気づく。

「でも最後でしょ？」

「最後だよ。最後だからこそ、怪我は避けたくない？」

「怪我は最後でも最後じゃなくても避けたいですよ」

体育祭と言えば、風紀委員は見回り当番がある。白熱し過ぎた生徒が風紀を乱すような事をしないか見回るためのものらしいが、あまり効力がなく形だけであるのは間違いないだろう。

「見回りだけど、多分縁樹はまともに出来ないんじゃない？」

「何でですか？」

「あいつ騎馬戦、借り物競走、百メートル走、リレー出るから」

「大活躍じゃないですか」

「ハンドボール部の部長でエースだからね。体育祭はあいつが輝くためのステージみたいなものだよ」

　さすがすぎる。期待を裏切らない活躍ぶりに笑いそうになった。

「そういえば芳賀も騎馬戦、借り物競走、リレー出るって言ってたな」

「芳賀先輩も運動出来るんですね」

「あいつハンドボール部のマネージャーだよ」

「え？　そうなんですか？」

　てっきり何か運動部に入っているものだと思っていたら、マネージャーだったらしい。けれど言われてみれば確かにしっくりくるなと思ってしまった。

「だから二人はあんまり見回り出来ないんじゃない？」

「ていうか当番ってどうなってるんですか？　いつものやつじゃないでしょ」

　初めての体育祭、初めての当番という事で仕組みがよく分からない私に対し、先輩はこちらを指差した後、自分を指差した。

「俺と瀬戸は多分一緒だと思う」

「え、何でですか」

「多分来週の会議の時説明されるけど、体育祭は自分の競技が入ってない時に当番に入るんだよ。だから、同じ競技に出てる人は必然的に同じ時間になりやすい」

　なるほど、私たちは五十メートル走が被《かぶ》っているので同じ時間になりやすいのか。一緒である事は心強かったが、芳賀先輩の事を思い出すと気が気じゃなかった。

「忙しくて時間内に入れなかった奴は帰りに校舎に立つ羽目になる」

「それは避けたい」

「でしょ？　でも多分大丈夫。それに当たるのは縁樹とか芳賀とか、しっかり参加してる人だから」

　校門をくぐって校舎に入る。自分たちの教室には向かわず会議室に向かった。扉を開けば珍しい事に二人の姿はなかった。

「ちょっと待って。俺今日当番だよね」

「そうですよ。多分ちょっと早かったんだと思います」

「びっくりした。縁樹より早く来る事なんてないから」

「いや、早く来いよ。いつも遅刻ギリギリで迷惑かけてるんだから」

　鞄《かばん》を置いて席に座る。約束の時間にはまだ早かった。私の左隣、一つ席を空けて角の席に座った先輩は携帯電話をいじり始めた。

「体育祭楽しみ？」

　手元の画面に集中したままこちらに話しかけてきた先輩を気にする事なく、机の上に腕を伸ばして伸びをしながら返事をする。

「さあ、どうでしょう」

「何で曖昧《あいまい》なの」

「運動は嫌いじゃないけど、盛り上がって熱くなるのはあんまり好きじゃないです」

「俺も。瀬戸、運動してたの？」

「テニスしてました」

「へえ。続けなかったんだ」

「嫌いじゃないんですけど、人間関係が面倒だったので」

「ああ、女同士のごたごたってやばいって聞くからね」

「何でそんな事知ってるんですか」

「縁樹の周りの女の子なんていつもそんな感じでいがみ合ってるよ」

「近寄りたくない……」

「うん、やめときな。苑田はそうじゃないかもしれないけど、好きでもない人間のせいで巻き添え食らうのは嫌でしょ」

「……嫌ですね」

私はぽかんとしてしまった。開いた口が塞《ふさ》がらないまま、とりあえず反応して返事をしたが、意識は先輩に注がれていた。思っていた事、感じていた事を先輩が代弁したから驚いてしまったのだ。

好きでもない人間のせいで巻き添えを食らい傷ついた事がある。それが嫌で避けてきたのを、何故か知りもしない先輩が分かっているような口調で話したから呆《ほう》けてしまった。多分、泉先輩の周りにそういった被害を被った子がいて、それを見たのだろう。

思えばいつも、先輩は知り合ってから時間が経っていない私の言いたい事を分かっているようだった。不思議な人である。

その後二人がやってきて、泉先輩の行くぞ、という一言で私たちは重い腰を上げた。挨拶《あいさつ》活動中、由佳梨ちゃんに何を話していたのか聞かれたので、泉先輩の周りには女の子同士のバトルが勃発《ぼっぱつ》しているらしいと返せば、彼女は焦った表情でどうしようと言い出し、対策を一人で口に出して考えていた。そんな事をしなくても、貴女《あなた》は結ばれるから大丈夫だよとは言えず、頑張ってと一言声をかけて笑った。この時の私はまだ他人事《ひとごと》で、この恋愛が自分を巻き込んでいくとは思わなかった。


そして二度の当番が過ぎ、体育祭当日が訪れた。

今にも雨が降り出しそうな空が印象的だった。雲の隙間から太陽が出ればいいと願ったが、それよりも先に雫《しずく》が落ちて来そうだった。鼠色で曇天の空の下、集まった生徒は天気と正反対であった。五月中旬の曇り空はまだ寒いが、周りの熱気のせいで熱く感じる。今日は快晴なのかと勘違いするほどだ。

クラスでお揃いのTシャツを着て、グラウンドに出る前に円陣を組む。中には鉢巻を付けている生徒もいた。私は熱くなっている運動部のクラスメイト達から少し離れた場所で円陣に参加した。

「クラス優勝狙うぞー!!」

「「おおー!」」

「……おー」

いつもは寝ぼけ眼《まなこ》でホームルームを受けているクラスメイト達の目がキラキラ輝いている。円陣が終わった後、思わず溜息《ためいき》を吐いた。熱い、熱すぎる。この学校には熱い人が多いのか、それとも私が冷めているのかが分からない。しかし、高校最初の体育祭で、興奮しない人間がいるというのも少ないだろう。

「頑張ろうね！」

肩を叩《たた》かれたと思えば、やる気満々の由佳梨ちゃんがそこにいた。いつもと違う髪は編み込まれて、二つ結びになっている。

「そうだね」

頑張りはするが、大した活躍は出来ないだろう。

「私足引っ張らないようにしないと」

「由佳梨運動出来ないもんね」

「くっ！　運動部から言われる言葉は心に刺さる！」

楽しそうに由佳梨ちゃんをからかっている志田さんは、短い髪を耳横で小さく編み込んで、半袖《はんそで》Tシャツを腕まくりし、右肩に鉢巻を巻いていた。いかにも活躍しそうな姿である。志田さんは四種目以上出ると言っていたはずだ。

対する由佳梨ちゃんと私は二種目しか出ない。さらに、運動が得意ではない由佳梨ちゃんは今日が近づく度に溜息を吐いていた。そんな彼女を元気づけるため、体育祭で活躍する泉先輩が見られるよと声をかけていたのは記憶に新しい。今日の彼女は自分の競技を頑張るのではなく、泉先輩の応援を頑張るという意識が働いている。今だって隣でパンフレットを見ながら、泉先輩が出る種目に丸を付けている。熱心な事だ。

「私も転ばないようにしないとなあ……」

不安げに呟《つぶや》いた綾瀬さんは、左側に髪をひとまとめにしてサイドを編み込んでいた。

「写真撮ろう！　せっかくお揃いにしたんだし！」

携帯電話を構えた由佳梨ちゃんが私たちを集める。画面には編み込みをして高い位置でポニーテールにした、いつもと違う自分が写っていた。そう、この髪型も由佳梨ちゃんが体育祭のためにやろうと言い出した事だった。髪の毛のアレンジが上手ではない私にとっては大変苦痛であったが、それを言えば彼女が朝から髪をセットしてくれた。いつもと違う髪型を見て、それだけで少し気分が上がってしまう私は単純だと思う。そして、自分の女子力のなさを痛感し、もう少し磨いた方がいいと心の中で呟いた。しかし、この髪型を再び自分で出来るようになるのは随分と時間がかかりそうだった。

「よし、行こう！」

生徒たちが一斉に動き出してグラウンドを目指す。すれ違う人たちの表情は楽しそうで、先程まで人の熱が理解出来なかった私にも、その気分が伝わってきた。熱い人たちと同じ温度で楽しむ事は出来ないだろうが、自分も何だかんだで楽しんでいる事に気付き、素直じゃないなと思ってしまった。視線を落とせば、繋《つな》がる先が見えない紅《あか》い糸が沢山垂れ下がっている。目が痛くなりそうなのでなるべく前を見て歩いた。すると由佳梨ちゃんが私の腕を引っ張って笑いかけてきたので、私も笑い返して足を進めた。

「選手宣誓！」

名前も知らない上級生が手を挙げて誓いの言葉を言っているのを聞きながら、私はパンフレットを覗《のぞ》き込んでいた。自分の当番と競技が始まる時間を確認し、出番は午前中で終わる事に気付く。午後一で当番に行って、その後は観戦だ。午後のプログラムを見れば、騎馬戦、借り物競走、最後にリレーと、盛り上がりそうな競技でいっぱいだった。

「それでは最初の競技を始めます」

アナウンスの後、競技名が告げられ大勢が移動を始める。早速出番に駆り出された私は顔を上げて動き始めた。すると由佳梨ちゃんが遠くでガッツポーズをしていたので、ガッツポーズを返し、前を向いた。

高校生活初めての体育祭が幕を開けた。

「あー！　疲れた!!」

「まだ午後も出るでしょうが！」

自分の席で机に突っ伏した由佳梨ちゃんに志田さんが活を入れる。私は伸びをしてお弁当を開いた。

「だって頑張ったよ。つむぎちゃんだって頑張ったでしょ？」

「うん、頑張ったよ」

「つむぎは五十メートル走で上級生に交じって一位取ってて凄《すご》かったよ！　でも由佳梨、あんたは最下位。何あの走り」

「あれでも頑張ったんだよー！」

「まあ運動って出来ない人には出来ないから」

「綾瀬ちゃん……！」

　雨が降る事もなく午前中の競技は終わった。ぬかるんだ地面で走りたくはなかったので有難かった。二つの競技を乗り越えた私は、ほどほどに活躍をしてクラス優勝に貢献したが、由佳梨ちゃんの最下位でプラマイゼロになっているような気がするのは気のせいだろう。全ての人間《ひと》が運動を得意としていないので文句はないが、それにしたって由佳梨ちゃんの走りは酷かった。思い出しても笑えてくる。

「つむぎちゃん笑わないでよ！」

「ごめん、ちょっと思い出して」

「本気だったんだよ‼」

「分かってるけど、全然進まなかったの凄い面白かった」

　一生懸命腕を振って足を動かしていたのに、何故か一向に進む気配のない走りを思い出してつい笑ってしまう。運動が出来ないとは知っていたが、何をどうしてそうなったのか分からな過ぎて面白い。その場でずっと足踏みをしているみたいなものだった。

「もういいよ、午後は頑張るからね！」

「泉先輩が大活躍するって言ってたもんね」

「そうだよ！　だから早く走り終えて先輩を見ないと」

「先輩の前で恥かけないもんねぇ？」

「いや、先輩真面目だから、凄い爽《さわ》やかな笑顔で大丈夫だ！　って言ってきそう」

「有り得そうだから言わないでつむぎちゃん」

「からかってくれた方がまだましだよね」

あの人の事だから、人を蔑《さげす》んだり、馬鹿にしたりするような事はしないだろう。ただ、真っすぐな瞳《ひとみ》で、大丈夫だ、次があるとか言ってきそうだ。想像がつく。

「泉先輩って運動得意なの？」

綾瀬さんの問いに、由佳梨ちゃんは元気よく、そうだよ、と答える。ハンドボール部の部長で、体育祭ではいつも活躍していたなど、架間先輩から聞いた情報ばかりだった。

「モテ要素しかないじゃん先輩」

志田さんの言葉に頷《うなず》いて箸《はし》を動かす。卵焼きを一つ口に入れて咀嚼《そしゃく》すれば、砂糖の甘味が口に広がった。

「そんな先輩に彼女がいないって本当なのかな」

「綾瀬ちゃん、止めよう」

「大丈夫、いないって言ってたから」

「本人に聞いたわけじゃないでしょ？」

「本人の近しい人の証言」

「架間先輩だね！　つむぎちゃん仲良しだもん！」

再び口に入れた卵焼きが喉《のど》を通る前に引っかかって思わず噎《む》せる。何度か咳《せき》をして飲み物で流し込んだ後、否定をした。

「そうでもないよ」

「でもよく一緒に帰ってるじゃん」

「方向が同じだから……ってこの話前もしたよね」

「したね」

「ただの先輩後輩なだけだよ」

「そっかあ」

残念だが、皆が求めているような関係ではない。私と架間先輩はいい先輩と後輩の関係でしかない。遠慮なく言い合える存在であり、そこに恋心は生まれないのだ。

「ていうかつむぎちゃん時間大丈夫？」

「え……、うそやばい！」

教室の時計を見れば十二時半を指していた。まだ昼食休憩の時間だが、風紀委員の当番があるため早めに食べようとしていたのに、つい話に夢中になってしまい時間を確認していなかった。急いで残りのおかずを口に放り込んで、必要な物を持ち立ち上がる。

「ごめん行くね」

「行ってらっしゃい、水筒は後で持ってってあげるよ」

「ありがとう！」

教室を飛び出して急いでグラウンドに向かう。階段を一段飛ばしで降りていき、曲がり角を曲がれば目の前に現れた人物とぶつかってしまう。相手の身体に私の鼻が当たったが、ぶつかる前に見えた顔に見覚えがあったので謝罪の言葉は口にしなかった。鼻をさすりながら目を開けば、案の定、架間先輩がいた。

「危ないじゃん瀬戸」

「先輩こそ曲がり角は気を付けろって教わりませんでした？」

「教わったけど急いでいたもので」

「奇遇ですね、私も急いでいました」

だろうね、と言葉を続けた先輩は私の顔を覗き込んだ。

「鼻大丈夫？」

「めっちゃ痛いですよ。何でそんなに硬いんですか」

「これでも筋肉はあるので」

ほら、と言いながらターコイズ色のクラスTシャツを腕まくりして二の腕を見せてくる先輩だったが、その腕が筋肉質だろうがどうでも良かったので、無視して歩き始める。

「いいじゃん、もう遅刻だよ」

「遅刻であっても急ぐべきでしょ」

「どうせ昼休憩なんて誰も人来ないし。菱川先生も来てなかったよ」

「何で分かるんですか」

「さっき窓から見たら、当番誰もいなかった」

「……怠惰」

「まあ体育祭なんてそんなもんだよ」

先輩は頭の後ろで手を組んで、どうする？　と言ってきた。

「何がですか」

「行く必要ないから」

「……私まだ悪《わる》になりたくない」

「大丈夫だよ、縁樹にさえばれなかったら」

「ばれたら面倒そうですね」

「そう。だから共犯者になろうよ」

その言葉に足を止めた。先輩は変わらずにそこに立っていて、悪そうな笑みを浮かべている。私は考える素振りを見せたが、行っても誰もいないのであれば構わないかという結論に至っていた。人の目があればやるかもしれないが、なければやらなくてもいいだろう。そこまで真面目にはなれない。

　だから、先輩の提案に対して人差し指を立てた。

「飲み物奢《おご》ってくれるなら」

「……お前本当に何でも奢られたがるね」

「だってばれたら私も怒られるの嫌ですし。別に先輩だけを売ってもいいけど」

「売るのは酷い」

「でしょう？　私もしたくないので、奢ってください」

　わざとらしく高い声を出して先輩に近づく。効くとは思っていないが、どんな反応をするのか見たかった。先輩は大きな溜息《ためいき》をついて頭を掻《か》いた。そしてポケットから長財布を出して目先の渡り廊下にある自動販売機を指差す。どうやら私の勝ちらしい。

「一本ね」

「そんな飲まないですよ」

　満足気に微笑んで渡り廊下に向かう。自動販売機の前に立って商品を一瞥《いちべつ》し、ジュースにするか、炭酸飲料にするか、腕を組んで考えている間、先輩は自分の飲み物を早々に買っていた。私が迷っている炭酸飲料を買った先輩をじっと見れば、また呆《あき》れた顔をして私にペットボトルを差し出してきた。

「ありがとうございますー」

「本当図々《ずうずう》しくなった」

「愛想笑いするのやめろって言ったのは先輩」

「それもそうか」

炭酸飲料を一口飲めば、喉の奥でパチパチ弾《はじ》けて痛かった。

「やっぱりこっちで」

自動販売機を指差して、先程迷っていたジュースのボタンを押す。先輩が小銭を入れて私の指の上からそのボタンを押した。ガタンと音を立て出てきたジュースを手に取り、持っていた炭酸飲料を返した。

「一口で良かったの？」

「飲んだ事なかったから気になってただけなんで」

「気に入った？」

「いや、私には炭酸が強すぎましたね。喉痛い」

買ってもらった桃のジュースに口を付ければ、炭酸飲料とは反対のとろみのある液体で、痛んだ喉が少し安らいだ気がした。

「美味《お》しい？」

飲みながら先輩の一言に親指を立ててジェスチャーを返せば、私の手からジュースが奪われた。

「あー！」

「何でだよ。一口上げたんだから貰《もら》っていいじゃん」

一口と言いながら三分の一を飲み干した先輩を睨《にら》みつける。一口と言いながらいつも大量に持っていかれるので、彼の一口は嘘だと言っても過言ではない。

「で、どうするんですか？　まだ時間ありますよ」

「移動するよ。渡り廊下にいたらばれるだろうし」

「どこに？」

「こっち」

歩き出した先輩の背中を追えば、非常用階段に辿《たど》り着く。平然とそこを上っていく先輩を見て一抹の不安がよぎった。間違いなく、ここは立ち入り禁止であろう。しかし、慣れた手つきで扉を開け階段を上っているものだから、この先は確実に先輩のサボり場なのであろう事に気付いた。

どのくらい上っただろうか。上がった息を抑えながら、最後の一段を重たい足取りで上り切る。午後からの競技が入っていない事を今安堵《あんど》した。もし競技が入っていたのなら、私はまともに動けなかったはずだ。

軋《きし》む音を立てながら目の前の大きな扉が開いて外が見えた。扉を開けた先輩の背中が、深い灰色の空に飲み込まれてしまいそうだった。背中から顔を出して外を見れば、そこは屋上だった。踏み出した先には壊れかけた手摺《てすり》、その上には空が見えて、曇天の隙間から太陽が覗《のぞ》いていた。

「びっくりした？」

振り向いた先の先輩はしたり顔で笑っていた。私はワルだと言って頬を膨らませる。

「入っちゃいけない所でしょ」

「ばれたら凄《すご》い怒られるんじゃない？」

「最悪の共犯」

「でも大丈夫。屋上が入れるなんて誰も知らないから」

手摺に身体を預け、下を見る。そこには校門が見えて、春先に咲いていた桜の木が新緑になり視界を埋め尽くそうとしていた。

「先輩のサボり場ですか、ここ」

「よく分かったね」

「随分慣れた手つきで開けていたので」

「ああ、あれね。結構前に鍵《かぎ》壊しちゃって」

「うわ、器物損壊罪」

「黙っとけば何とかなるでしょ」

「もう一回言うけど最悪の共犯」

知りたくもない事実を知ってしまった。頭を抱えて背後を見れば、扉の横には梯子《はしご》がかかっていて、錆《さ》びついた貯水槽が見えた。汚れたコンクリートの地面に腰を下ろした先輩は、座らないの？　と声をかけてきた。

「汚いじゃないですか」

「なるほど」

顔をしかめた私を見て、先輩は首にかけていたタオルで自分の横を軽く掃く。そしてそこにタオルを広げて、わざとらしくどうぞ、と言った。

「先輩そのタオルは汚い？」

「一回汗拭《ふ》いた」

「うわ……」

「冗談だよ。そんな露骨に嫌そうな顔するなって」

仕方なくタオルの置かれた場所に腰を下ろす。手に持っていたジュースの缶を飲み干して空を仰いだ。

「晴れそうですね」

「良かったよ」

「高校最後の体育祭だから？」

「それもあるけど、単純にぬかるんだ地面で騎馬戦なんてやりたくないよね」

「泥はね凄そうですもんね」

心なしか暖かい風が吹くようになった気がする。このまま完全に晴れればいいと思いながら瞼《まぶた》を閉じた。

「そういえば、五十メートル走で瀬戸見たよ。一位凄いじゃん」

「あれはたまたまです」

「そう？　意外と足速くてびっくりした」

「先輩も五十メートル走でしたね。どこにいるか分からなかったけど」

「俺は待機列にいたからね。分からないでしょ」

暖かな風と僅《わず》かに差し込む日差しが心地いい。ここが屋上でなければ眠っていた所だ。

「今日髪型違うね」

「これは由佳梨ちゃんがやりました。クラスの子たちでお揃いにしよって言い出して」

「瀬戸が出来るとは思えなかったから、そういう事か」

「喧嘩《けんか》売ってます？」

瞼を上げれば、私の髪を見て感心している先輩がいた。こちらを見て優しい笑みを浮かべている彼を見て、何だか恥ずかしくなった私は首を思いっきり横に振り一つに結ばれた毛束を彼の顔に当てた。

「いきなり何すんの」

「喧嘩売られたので買っただけです」

「髪の毛で攻撃するなよ」

「髪の毛は時として武器になるんですよ。覚えとけ」

ポケットに入れていた携帯電話を取り出して、暗くなった画面に反射した自分を見る。髪型が崩れていないか確認し、乱れた前髪を整えた。

「いいじゃん、似合ってるよ」

「そうですか？」

「うん。いつもと違うから新鮮」

「レアですよレア」

唐突な褒め言葉にどうすればいいか分からず、素直に受け止める事も出来ずに平然としている振りをしたが、脳内は冷静ではなかった。まさかそんな事を言われるとは思っていなかったのだ。

冷静になれと自分に言い聞かせて口から息を吐く。先輩は隣で携帯電話をいじっていたが、突然それをこちらに向けてきた。声を発する前にパシャリと音が聞こえて、撮られた事に気付いた。

「盗撮……」

「レアって言うから」

「だからって撮ります？」

「煽《あお》った瀬戸に乗っかっただけ」

楽しそうにしている先輩を見て、じゃあ一緒に撮ればいいのに、と言葉が零《こぼ》れた。零れた言葉が頭の中で反響する。何を言っているのだ私は。余計な事を言ってしまった。訂正しようと考えたが、言葉は既に先輩の耳に届いていた。彼はカメラを内向きに変え、手を伸ばした。画面にはやってしまったと言わんばかりの表情をして頭に手を当てた私と、髪の毛を整える先輩の姿があった。

「俺自撮り下手くそなんだよね」

「……私も得意じゃないです」

「ぶれたらごめん。ていうか見切れるからもうちょっとこっち来て」

腕を強引に引っ張られ密着させられる。気が気じゃなかった。何とか笑みを浮かべて早まる鼓動に気付かない振りをした。再びカメラの音が鳴って、撮り終わったと同時に急いで離れる。後で送る、先輩が言ったと同時に予鈴が鳴り響いた。音に反応した私は急いで立ち上がり、下に敷いていたタオルをはたいて先輩に返した。まだ動きたがらない彼を引っ張って屋上の扉を閉める。先輩よりも先に階段を降りて、別れの挨拶《あいさつ》もまともにしないままグラウンドに向かった。

どんな気持ちを抱けばいいのか分からなかった。異性とここまで距離を詰めた事がないから、ただそれだけの気持ちだと思い込んだ。慣れてなかっただけ、驚いただけ、自分に言い聞かせて歩き続ける。心臓が酷《ひど》く脈を打っているのも、全部気のせいだ。


「ベストポジション‼」

自分の携帯電話を構え、気合を入れた由佳梨ちゃんの横顔はこれほどまでにないほど輝いていた。そのやる気を競技で見せつけて欲しかったと思いながら、彼女に付き合う私も大概優しいと自分で自分を褒めた。

体育祭も終盤に差し掛かり、次に始まるのは三年生だけが出る騎馬戦だった。大将騎馬の上に乗る泉先輩の頭には必勝と書かれた赤い鉢巻が巻かれていて、一見ダサいのに多くの女子生徒の注目を集めている。泉先輩の様子をズームで撮る由佳梨ちゃんを見て、まるで保護者のようだと思ってしまった。

ふと、泉先輩を支える騎馬の一番前の人物と目が合った。こちらを見て微笑んだ彼は、号令と共に走り出す。泉先輩が他の生徒の鉢巻を取る度、黄色い歓声が沸いた。しかし、私の視線はその下で支えている人物に注がれた。面倒だと言いながら猛スピードで走っている。他の騎馬とぶつかる度、好戦的な笑みを浮かべていて、いつもとは違うその表情に釘付《くぎづ》けになってしまった。そういえば、運動が出来ないわけではなかった。何だかんだ楽しんでいる姿を見て、私は思わず微笑んでしまった。

結局、泉先輩を乗せた騎馬は勝ち残り、多くの声援を受けていた。周りから聞こえる黄色い声は皆、泉先輩の名前を呼んでいた。何だか泉先輩だけが頑張ったと言われているようでいい気がしなかった。むすっとした表情を浮かべていれば、再び架間先輩がこちらを見て今度は手を振ってきた。それに反応して軽く振り返すと視線の先で先輩が泉先輩を小突いて私たちを指差す。そして泉先輩がこちらに気付き、大きく手を振って来る。

「え、え？　あれ私たちに振ってる⁉」

「みたいだね」

「何てファンサ‼」

「ファンサって……」

いつから由佳梨ちゃんは泉先輩のファンクラブに入ったのだろう。キャーキャー言いながら手を振り返す様は、最早《もはや》アイドルに対してとる態度である。果たしてこのまま本当に恋になるのだろうか。結ばれるのは分かっていても不安になったのは確かだった。

騎馬戦が終わり、次の競技が始まっても由佳梨ちゃんはその場を動かず、まだカメラを構えていた。

「まだ撮るの？」

「撮るよ！　先輩に送るって約束したし」

「保護者じゃん……」

てっきり、自分の欲を満たすために撮っている物だと思っていたが、そうではなかったらしい。しかし、泉先輩も泉先輩で、この動画を貰《もら》ってどうするのだろう。鑑賞するのだろうか。自分で自分を鑑賞していたら、ちょっと気持ち悪いなと失礼な事を思っていた矢先、再び黄色い歓声が沸いた。見なくとも分かる。先輩が走り始めたようだ。興味がなかったので自分の携帯電話をいじり始める。すると架間先輩から先程の写真が送られてきていた。思いの外綺麗《きれい》に撮れた写真に、思わず顔が綻《ほころ》んだ。写真を保存して、何て返事をしようか考えていた、その時だった。

突然だった。周りの声が大きくなって隣の由佳梨ちゃんが、何か声を上げている。よく分からず視線を上げた時、突然腕を引っ張られた。

「え……」

「悪い、瀬戸！　ちょっと付き合ってくれるか！」

　腕を引っ張ったのは間違いなく周りがキャーキャーと言っていた張本人だった。私は訳が分からなくて固まってしまう。そんな私をよそに、泉先輩は私と自分の足に紐《ひも》を括《くく》り付けた。二人三脚だと飲み込む前に、身体が傾いた。肩に腕が回された瞬間、周りの歓声は悲鳴のようなものに様変わりした。意味が分からない私は、とにかく転びたくなくて必死に足を動かす。ゴールテープを切った瞬間、アナウンスが鳴り響いて一位だという事を知らされた。足から紐が解《ほど》かれた後、先輩は私の前に手を出してきた。

「ありがとう瀬戸！　助かった！」

　手を摑《つか》まれハイタッチを強要されたのち、泉先輩は係の人に紙を見せた。そこには気になる後輩と書かれていた。

「……は？」

　そこでようやく、私は借り物として引っ張られ一緒に走らされたという事に気付く。それにしたって気になる後輩ってどういう事だ。係の人は私と泉先輩を交互に見た後、オッケーサインを出した。

「あそこで瀬戸がいて良かった！」

　爽《さわ》やかに笑う先輩は再び私の肩を抱いた。しかし、鼓動が速くなる事はなかった。私はその手を払って、何でですかと言ったが、先輩には伝わっていないようだった。

「何で気になる後輩なんですか」

「ああ、解人と仲良くしているだろう？　俺はあまり話した事がないから話してみたいと思ったんだ」

「……そうですか」

下心など一切ない回答に安堵《あんど》した。これで何か言われてしまえば、由佳梨ちゃんに合わせる顔がなかった。先輩が周りの歓声に応《こた》える姿を見て一刻も早くその場から立ち去ろうとする。しかし、足を止めてしまった。否、止めたのではなく動かなかった。

私の足に、無数の糸が絡まっているようだった。それは会議の時の比ではなかった。肌の色が見えなくなるまで紅色《あかいろ》の糸が視界に入って動けない。急いで顔を上げれば、泉先輩を応援していた人たちの多くの視線が突き刺さった。

「何あの子」

「誰？　見た事ないんだけど」

「彼女じゃないよね」

「何であんな子が」

心無い言葉が耳に届いた時、その人たちの小指から伸びた紅い糸が首に近づいてくる。解こうとするも解けず、どんどん息が出来なくなっていく。泉先輩は気付かず、どうにかして注目を逸《そ》らそうと頭では考えても、身体を動かす事が出来ない。

どうしよう。苦しい。私への批判は過熱して、立ってもいられなくなりその場に蹲《うずくま》る。怖い。ようやく泉先輩が気付いた頃には、正常に息が吸えなくなっていた。

「瀬戸？　瀬戸、大丈夫か!?」
「過呼吸起こしてる！」
そう言ったのは誰だったか。多くの人が集まってきて、朦朧《もうろう》とした意識の中で走ってきた彼だけが見えた。必死の形相で泉先輩を押し退《の》けた姿を見て、私は意識を手放した。

物心ついた時から見えていた紅い糸は、未来を縛る呪いのようだった。誰からも信じてもらえないから、話す事を止めて愛想笑いを続けた。ああ、でも、信じてくれる人は確かにいたのだ。もうこの世界のどこにも存在しない人は、まだこの胸に居続けている。紅い糸そっくりの毛糸で編まれたマフラーが、タンスの奥に眠っているのは、忘れられないからだ。大きかったマフラーがピッタリのサイズになっても使えないのは、夢で何度も最期の瞬間を見てしまうからだ。

視界の先から、猛スピードで車が走って来る。そして、隣にいた人物の身体が宙に飛んだ。首元に巻かれていたサイズの合わないマフラーが、風に吹かれて視界を赤く染める。必死に伸ばした手は小さくて、何も摑めず空を掻《か》いた。

「駄目!!」

手を伸ばした先は真っ白な天井だった。上がった息が、苦しいくらい脈を打つ心臓が、これが現実だと教えてくれた。

「何が駄目？」

突然聞こえた声に飛び起きれば、架間先輩が椅子に座っていた。私はベッドの上にいて、薄緑のカーテンが周りを囲っていた。

「……ここどこですか」

「保健室。瀬戸倒れたんだよ、憶《おぼ》えてない？」

途切れた記憶を繫《つな》いでいく。着ているクラスTシャツを見て、今日が体育祭だった事を思い出した。

「借り物競走で倒れた」

「そう。縁樹に連れて行かれてゴールした後、過呼吸起こして倒れた」

思い出した。泉先輩に連れて行かれて一緒に走った後、紅い糸が絡まって苦しくなったのだ。耐えられなくなってその場に蹲った後、視界の先に彼が走って来るのが見えた。

「先輩、泉先輩の事押し退けた？」

「押し退けた。それと同時に瀬戸が倒れて、そのまま保健室に連れて来た」

「先輩が連れて来たんですか？」

「うん。割と軽くてびっくりした」

「割と、って……」

何たる失態を犯してしまったのか。大勢の前で、過呼吸で倒れるなんて、恥さらしもいい所だ。

「ちなみに、体育祭はさっき終わったよ。縁樹は今当番してる」

「そうですか……」

「体調悪かった？」

「悪かったというか何というか」

心配そうに聞いてくる先輩に、私はベッドから降りようとするが、それは彼の手によって制された。

「ご迷惑をおかけしました。もう大丈夫です」

「いや、今さっき起きたばっかじゃん」

「でも大丈夫だし」

「縁樹が謝りたいって言ってたよ」

「泉先輩にはしばらく会いたくないかも」

「何で？」

「……何でもないです」

ベッドから出る事も許されず、何で？　と再び繰り返した先輩はこちらをじっと見ていて視線を合わせる事が出来なかった。

「縁樹の事好きな子たちに色々言われたから？」

「……そんな所です」

「瀬戸」

突然私の鼻を摘《つ》まんだ先輩の手によって、強制的に向き合う形になってしまう。必死に目を泳がそうとしたが、鼻から離れた手は私の頬を鷲掴《わしづか》みにした。

「……痛いんですけど」

「何隠してんの？」

「隠してないですよ」

「じゃあ何で目逸らすわけ」

鋭い視線が痛い。嘘をついても先輩にはばれてしまうと分かっている。けれど、こんな事を言って誰が信じるのだろう。

「……どうせ言っても理解されないので」

「言って見なきゃ分かんないじゃん」

「分かりますよ。信じないって」

「何で俺が信じない前提なわけ？」

「皆そうだったから」

頬から手が離されて、私は視線をベッドに落とした。染み一つない真っ白なシーツに、薄暗い感情が流れ出してしまいそうだった。先輩はもう一度、私の名前を呼んだ。仕方なく顔を上げた私を、真っすぐ見据えた先輩はこう言った。

「信じるよ」

ただ、一言だった。

「だから話せ」

確証もない、たった一言。けれど、この心は確かに揺らいだ。今まで言えなかった本音が口から零《こぼ》れ出した。真っ白なシーツにぽつり、局地的な雨が降った。それが自分の瞳《ひとみ》から零れた熱だとは気づかなかった。

「……糸が」

「うん」

「糸が見えるんです」

「糸？」

染みが出来てしまったシーツへ追い打ちをかけるように、強く握り締めて皺《しわ》を作る。左手の小指には確かに紅《あか》い糸が見えている。こんなにも嫌になる日が来るとは思わなかった。

「運命の、紅い糸。子供の頃から、人の左手小指に紅い糸が見えるの」

見たくなくて小指を隠す。先輩は何も言わなかった。

「それはどこかの誰かと絶対に繋がっていて、繋がっている相手とは幸せになれる。私は人の運命の相手が見える」

いつか、運命の相手が現れたら、この苦しみから解放してもらえると思っていた。けれどまだ、その相手は現れない。私の視界から紅い糸が消える事はない。

「ただ運命の相手を教えてくれるだけだったら良かった。でも、紅い糸は人が抱いた嫉《しっ》妬《と》心や、嫌悪感を具現化して私の身体に絡みつく事があるんです」

そして、私は中学時代の話を始めた。中学生の頃、テニス部に入っていた私は周りと仲が良かった。お互いを励まし合い、助け合う。そんな関係性を続けていたある日、仲間内の一人が同じ部活の男子生徒を好きだと言い出した。私は紅い糸が繋がっていない事を知っていたが、それを口にするわけでもなく、頑張れと口にした。彼女は勇気を出して彼に告白したが、結果は振られてしまった。

しかし、ここからが問題だった。その次の日、私は彼から告白をされたのだ。勿論《もちろん》断ったが、その話は瞬く間に部内で広がった。そして、次の日から酷《ひど》い言葉を浴びせられるようになった。言葉だけなら良かった。けれど、彼女や彼女の周りにいた人たちの紅い糸が、私に攻撃的な言葉を言う度に身体に絡まって解《ほど》けなくなった。そして今日のように過呼吸になって倒れた。

それ以降、私は人との関わり方を変えた。愛想笑いをして、人との距離を測るようになった。深入りしないように、注目を浴びないように、対象にならないように、必死に心がけて今が出来た。

「その糸って解けないの？」

一通り聞いた彼は自分の小指を指差した。彼の小指には糸がないままだ。

「解けるけどしたくない」

「どうして」

「……それで祖父母が死んだから」

先程の夢を口にして、もうこの世界にはいない二人を思った。紅い糸の話を唯一信じてくれたのが二人だった。毎週末に訪れる祖父母の家は、私にとって息が吸える場所だった。読書をする祖父に編み物をする祖母、穏やかで平和な時間がそこにあった。

ある日の事だった。祖母が作ってくれた赤色のマフラーを着けて出掛けたかった私は、二人の手を取って外に出た。大きめに作られたマフラーは子供の私には合わなくて、顔を埋《うず》めたのを憶えている。祖父母の間には紅い糸があって、それは間違いなく二人を繋げていた。糸の間を歩いていた私は、それに足を取られて転んでしまった。慌てて立ち上がったが、二人を繋げていた糸は衝撃で解けてしまった。結び直そうとしたその時、祖父母は目の前で事故に遭って亡くなってしまった。

それ以来、運命を信じている。

解けた瞬間が脳裏にこびりついて消えない。緩やかに、そして確実に、二人の身体は引っ張られたように車道へ倒れていった。どう見ても不自然だった。そして手の平に残された糸は風に攫《さら》われてどこかに消えてしまった。

ポツリ、ポツリと、誰にも話せなかった罪が口から零れ出していく。洗い流せない罪は誰にも許されない。一生涯、この心を縛り続けるだろう。

「でもそれ瀬戸のせいじゃないでしょ」

「私のせいだよ」

涙が止まらなかった。今でも、最期の瞬間が消えない。飛び散った朱も、空に舞って消えた紅も、首元に残された赤も、何一つ消える事なんてないのだ。

「私が、解かなかったら、二人は事故になんて遭わなかった」

「……偶然かもしれないじゃん」

「偶然じゃないよ！ 解いた瞬間、大切な人が二人も死んだの！ それまで何ともなかったのに、普通に元気に過ごしてたのに！」

「……瀬戸」

「だっておかしいじゃん！ おじいちゃんとおばあちゃんは死んで、どうして私だけ生きてたの？ 私だって轢《ひ》かれてもおかしくなかったのに、私の方には車が来なかった！ こんなの、こんなのって」

解いて人が死ぬのなら、この糸はまるで呪いだ。死は運命で決まっていると言われているみたいに思えた。全ての人間に等しく死は訪れるけれど、その時期すらも決まっているのだとすれば酷い話だ。

「瀬戸」

両手で顔を覆った時、優しい温《ぬく》もりに包まれた。背中に回された手は確かに熱くて、微《かす》かに香る汗の匂いは先輩がここにいる証明だった。止まらない涙が、Tシャツを濡《ぬ》らし色を変えていく。広い肩に顔を埋めて、どうしようもなくやり切れない気持ちを涙でしか表せない自分が情けなくて仕方なかった。

「……私のせいなの」

言葉は冗長だと思う。この心に渦巻く感情を表現するには、何をどうやっても足りない。何年も一人で抱え続けてきた。消化する事も、許される事もなく、ただ歳をとる度に心が蝕《むしば》まれた。あのマフラーがピッタリになるまで成長したのに、着ける事が出来ないのは、まだ何一つ変わっていないからだ。

これはある種の罰なのかもしれない。祖父母の紅い糸を解いた私が、他人の紅い糸のせいで苦しむのは、当然の結末なのかもしれない。人の命を奪った。一生、この苦しみからは逃れられないままだ。

「俺は信じるよ」

耳に届いた言葉は、確かに私の心を救った。抱きしめられたままだから、先輩がどんな表情をしているのか、どんな気持ちで言っているのかも分からない。けれど、紡がれた言葉は、嘘偽りない物だと感じた。

「だから、もう一人で溜《た》め込まなくていいよ」

どこかで、許されたかったのだと思う。理解されるわけがないと皮肉を言いながら、本当は誰かに信じてもらいたかった。背負ってくれなくてもいい。呪いを解いてくれなくてもいい。ただ、一言で良かった。彼は、私の欲しかった言葉をいともたやすく口にした。

本当は苦しかったのだ。これが罰だと言いながら、誰かから酷い言葉を言われるのも、負の感情を向けられるのも、本当は辛《つら》くて辛くて堪《たま》らなかった。愛想笑いなんてしたくなかった。誰かと距離を測りたくなかった。私だって普通に、何も見えないただの人間のまま生きていたかった。正直に笑って、正直に話して、周りの目なんて気にせず好きな事だけをしていたかった。この糸は確かに、私の人生を狂わせた。

糸があるから、誰かの運命を変えてしまうのが怖くて、誰かから苦しみを与えられるのが怖かった。これさえなければと思っても、私の指には運命があり続ける。

糸がない先輩は、この苦しみを解いてくれたわけではない。私の運命は彼と縁もゆかりもなく、交差する事もない。会わなくなったら、きっと死ぬまで会えなくなる。そういう運命だと分かっている。それでも、今はこの腕の中にいたかった。

世界でたった一人、私を信じてくれた人の事を信じていたい。涙はとめどなく溢《あふ》れ続けた。

「落ち着いた？」

「……はい、すみません」

「いいよ、気にしないで」

あれからどれだけ経ったのだろう。カーテンで囲われたベッドの中では、時間など分からなかった。鼻を啜《すす》って、赤くなっているだろう目を隠すように前髪を流す。先輩はふと、思い出したかのように声を上げた。

「そういえば」

「何ですか」

「瀬戸は俺の糸も見えるって事？」

左手をひらひらさせながらこちらに見せてくる先輩の小指には、やはり糸が存在しなかった。

「ないです」

「え？」

「私ずっと不思議だったんですけど、先輩の糸はどこにもないんです」

小指を指差して、先輩の顔を見た。彼は何とも言えないような顔をしていた。

「じゃあ俺の相手はいないって事？」

「分かんないです。ない人見たの初めてなので」

「まじか」

「何かあって無くなったとか？　解けたら死んでるかもしれないし」

「物騒な事言うなよ」

「引っかけて切れたとか……？」

「……そんな事有り得るの？」

「分かんないです。でも、もし運命の相手と会ってたら何かしらが起きてもおかしくないのかなと思って」

しかし、未《いま》だに先輩の糸がどこにいったのかは謎である。特に目立った外傷もなく、死ぬような事案が起きていないのは見て分かるので、今の所問題はなさそうだが、いつ何が起こるか分からないのも事実だった。

先輩はポケットに手を突っ込んで項垂《うなだ》れる。

「まあ考えても仕方ない」

「良いんですか？」

「いいよ、知りたいけど。ていうか、どうやったら繫《つな》がってるって分かるの？」

「同じ教室内とか、同じ空間にいる時にその人の糸が繫がって見えるんです。そうじゃない時は、このくらいしか見えません」

糸の長さを指で測って、先輩にこのくらいと教える。彼は感心したようだった。

「じゃあさ」

「？　何ですか？」

先輩は人差し指を立てて、閃《ひらめ》いたようにこちらを見て口角を上げた。

「縁樹の運命の相手が分かって、くっつけられたら、瀬戸が無駄に注目浴びずに苦しまなくて済むんじゃない？」

盲点だった。どうして今まで気付かなかったのだろう。泉先輩が由佳梨ちゃんとくっついたら、私に注目が集まる事はなく穏やかに暮らせるなんて、言われるまで気付かなかった。

「問題は近くにいるかだけど」

「いますよ」

「いるの？」

「由佳梨ちゃんです」

「は？　まじで？」

驚いて椅子から落ちそうになった先輩の腕を思わず摑《つか》んで止める。悪いと言いながら、何度もそっかぁと繰り返す彼を見て、私も最初に分かった時はそんな反応だったなと思い出した。

「苑田かぁ。確かに、縁樹が一緒に帰ろうなんて提案するのも珍しいし、凄《すご》い近いなとは思ってたけど」

「それもまた紅い糸の力なんですかね」

「怖いね」

「そうですね」

「でも、楽勝かもよ」

私は首を傾げる。先輩は自分と私を指差した。

「俺と瀬戸、お互いに二人の友人。縁樹はどう思ってるか分からないけど、幸いにも、苑田は縁樹が好き。俺らが協力して二人をくっつければ、全て上手《うま》くいくんじゃない？」

「……確かに」

「でしょ」

「先輩天才かも」

「知ってる」

　私たちが協力すれば、二人をくっつけさせる事だって可能ではないか。然《しか》るべき時に運命の相手が結ばれるなど見たためしもない。いつどのタイミングかは分からなくても、出会ってしまえば惹《ひ》かれ合うものなのだ。それを私たちの手で早めてしまえばいい。

伸ばされた手を取って握手をする。考える事は一つだった。

「俺らで二人をくっつける」

「はい」

「今日から瀬戸と俺は、運命を結ぶ同盟だ」

「はい！」

元気よく返事をしたが、どうしても名前が気に食わなかったので、そのネーミングださいですねと口にする。そしたら彼は自分で考えろと文句を言ってきたので笑ってしまった。涙はとうに枯れて、私の気持ちはとても晴れやかだった。

そして、二人をくっつけるための作戦を、保健室の先生が帰ってくるまで練り続けた。

一緒にいてくれる人
　変わった事がある。

　六月の雨は憂鬱《ゆううつ》で、湿気のせいで先輩の髪がうねっていた。その様子を見て思わず吹き出せば、軽く小突かれる。渡り廊下に隣接された自動販売機の前で、一週間の成果を口にするのは日課になった。

「今日の放課後、一緒に出掛ける約束をしました」

「よくやった、瀬戸隊員」

　陳列した商品の中、桃のジュースを選びボタンを押す。この前口にしてから気に入ってしまい、何度も買っている。完全にはまってしまったようだ。

「こちらも約束を取り付けた」

「さすがです」

「最後の試合が近いから駄目かなと思ったんだけど、大丈夫だった」

「ああ、ハンドボール部の」

衣替えしたばかりなのに、先輩の半袖《はんそで》シャツは皺《しわ》が寄っていた。襟元の皺を指摘すれば、手で皺を隠し無かった事にしようとしたので、相変わらず適当だと思った。

「その予定も取り付けないと」

「でもいい感じじゃない？」

「それは言えてます」

屋根に打ち付ける雨が音を立て続け、まるで何かの楽器のようだった。鼻腔《びこう》に燻《くすぶ》る匂いは、跳ねた泥と中庭に生えている手入れのされていない草木の匂い、足元はどこかひんやりとしていた。金属の柱に触れれば、雨垂れが手を伝って肘《ひじ》に流れ落ちていく。

梅雨の訪れと共に、生徒たちの服装は様変わりした。衣替えの季節である。しかし、降り続ける雨の中で半袖を着るのは、私にとって辛《つら》かったので、今もまだ、長袖シャツを着用し、それを肘まで捲《まく》り上げていた。

皺が寄った半袖シャツに、インナーの黒いシャツが透けて見えた。隠す気もないのだろう。ボタンを二つ開け、胸元を広げている先輩は私と違い暑そうだった。ジメジメした空気が、せっかくセットした前髪をしならせている。

「前髪元気なくないですか」

「湿気のせい。この季節はいつもこう」

いっそ濡《ぬ》らそうか、そう独り言を呟《つぶや》く先輩を見て、私は体育祭の日を思い出した。

あの日、私が紅《あか》い糸の話をしてから、先輩との距離は近づいた。余計な注目を集め、再び苦しい思いをしないように、泉先輩と由佳梨ちゃんを早急にくっつけるという同盟を組んだ。あれから三週間が経過したが、私たちの尽力の甲斐《かい》があってか、ようやく彼らと一緒に出掛ける予定を取り付ける事に成功した。

毎週金曜日、部活が休みだった泉先輩は、最後の大会に向けて部活動に打ち込んでいた。そのため、金曜日の帰りに出掛けようという、ごく自然な流れを作り出すのが困難だった。由佳梨ちゃんも由佳梨ちゃんで、あれだけ泉先輩に恋しているくせに、一緒に出掛けたり、何かしらの約束を取り付けたりする事はなかった。さらには、泉先輩と出掛けるなんて恐れ多いなどと言い出したので、呆《あき》れてしまった。どうにかして二人の距離を縮めたいと思い、様々なアプローチをかけてきた。当番の時、敢《あ》えて泉先輩に話しかけ、由佳梨ちゃんの良い所を語ったりした。携帯電話の通話履歴に、泉先輩が入るほど売り込みをした。

初めは自分が苦しい思いをしないで済むように、自衛から始めた行動だった。しかし、そうする事で彼女が喜び、二人の幸せに繋《つな》がると思うと、自衛よりも二人の幸せの方が大事だと考えるようになった。あれだけ人と関わりたくないと言っていた私が随分と変わったものである。

変わったのは、間違いなく先輩のおかげだろう。目の前で飲みかけのペットボトルを頭に当てながら、携帯電話を見ている先輩は、あの日、間違いなく私を救った。ずっと誰にも言えなかった苦しみを受け入れてくれた。信じてくれた。それだけで、私が先輩を信用するのには充分過ぎる理由だった。

くだらないやり取りをして、ふざけ合いながら本音を話せる人。私にとって、唯一無二の存在になり始めていた。先輩後輩の関係性は、思っていたよりもずっと心地良くて、楽しいものであった。

梅雨に入ってから、この渡り廊下に人が近づく事が少なくなった。皆、雨に濡れたくはないのだろう。今だって上履きの先は、色を変えてしまっている。しかし、人が来ないのは私たちにとって好都合だった。

「試合っていつあるんですかね」

「今月だって言ってたけど。そんなに気になる？」

「そこで応援しとけば、より意識するようになるかなと思って」

「発想が悪いんだよなあ。まあ確かにそうなんだけどさ」

「やっぱり応援する女子には弱いですか？」

「弱いっていうか、自分の事を応援してくれる人には皆好意的でしょ」

「確かに」

そんな話をしていると予鈴の音が渡り廊下に鳴り響いたので校舎の中に戻っていく。

階段を上って、別れ際、先輩が軽く手を振るまでがいつものテンプレートだ。

「じゃあ、また放課後」

「はい、また後で」

金曜日の昼休憩最後の十分間、それが私たちの時間だった。一週間で進展した事を話す僅《わず》かな時間は、いつも一瞬で過ぎ去ってしまう。もう少しだけ話していたい。けれど時間は気持ちを汲《く》んではくれない。

教室に戻って席に着く。今日のロングホームルームは席替えらしい。入学してからずっと前後の席だった由佳梨ちゃんとはお別れだ。ばいばいと冗談半分で言えば名残惜しいと言いながら駄々をこねたので、小さな子供をあやしているような状態になってしまい、思わず苦笑してしまった。

雨はまだ、止みそうにない。


「よし、終わりだ！　お疲れ様」

菱川先生の合図で傘を持つ手を上げた。雨の中で挨拶《あいさつ》活動をするのは初めてだったが、傘を持つ手が辛かったのは言うまでもないだろう。隣で真っ黒の大きな傘を差していた架間先輩は、伸びをしながらやっと終わったと文句を口にした。

「じゃあ帰るか」

泉先輩の一言で、私たちは校舎に戻ろうとした。泉先輩の背を追う由佳梨ちゃんを見ながら、架間先輩と顔を合わせた。傘の間から見る先輩は、黒い傘も相まっていつもよりも隈《くま》が濃く見えた。また寝てないな、この人。帰ったら睡眠を誘導するような音楽のURLでも送りつけようと考えた。

「苑田に言った？　縁樹と出掛けるって」

「言ってないです。言ったら興奮して手つけられなくなるので。そっちは？」

「俺も言ってない。言ったら緊張するかなと思って」

「緊張？　あれだけモテる泉先輩がですか？」

「笑えるんだけど、あれだけモテるくせに女子と一緒に出掛けたりする事ほとんどないんだ」

「冗談でしょ」

まさかの泉先輩は恋愛経験が少ないという事実を聞いて驚いてしまった。あれだけモテているのに、異性と出掛ける事がほとんどないとはどうなっているのだろう。

「縁樹鈍いから。好意を寄せられても全然気づかないし」

「鈍感モテ男じゃないですか。一番酷《ひど》いタイプの」

「そのせいでまともに付き合った子なんてほとんどいなかったはず。俺が思い出せるのは一人だけだよ」

「先が大変ですね」

「本当にね。いい奴なんだけどね」

確かに鈍感だと納得してしまった。今だって必死に由佳梨ちゃんがアプローチしているのに気付いていない。ただ、先輩として慕われていると思っている。私たちが何とかすべきなのは、泉先輩に好意を気付かせる事なのかもしれない。

校舎の前まで辿《たど》り着き、傘を折り畳んで付いた水滴を軽く払う。跳んだ雨水が靴下を濡らして思わず顔を歪《ゆが》めた、その時だった。

突然、何かに引っ張られて身体が傾いた。引っ張ったのが架間先輩で、その表情に焦りが見えた。先輩が持っていたはずの黒い傘が後ろに投げ出されて、ゆっくりと宙を舞う。雨粒が髪を濡らして、全てがスローモーションで再生された映画のようだった。そして、すぐ後ろで、何かが割れるような大きな音が響いたと同時に、視界の先にあった先輩の傘が地面に落ちた。

「え……？」

身体を雨が濡らしていく。私の腕を痛いくらいに摑《つか》んで離さない先輩の右手は、微《かす》かに震えていた。額に張り付いた髪が視界を遮って、彼の表情が見えない。周りにいた菱川先生が声を上げて、由佳梨ちゃんと泉先輩が私たちの名を呼んだ。錆《さ》びて動きが鈍くなった機械のように、顔を動かす首が音を鳴らす。振り向いた先には、バラバラに割れた鉢植えが散乱していた。中に入っていたであろう土は放射状に飛び散り、咲いていたはずの花はくったり横たわっていた。

「二人とも、大丈夫か！」

菱川先生の声に固まっていた時間が動き出した。私は驚いて声も出なかったが、何とか首だけを上下に激しく動かした。張り付いた前髪を横に流して事態を把握しようとした時、先輩が私の後ろで、大丈夫です、と返事をした。その顔を見れば、ぺちゃんこになった前髪から水が滴っていて、視線はこちらを見ていなかった。何かおかしい。いつもの先輩とは違う雰囲気に不安になって手を伸ばしたが、その手が彼に届く前に表情が変わり違和感は消え去った。

「何が落ちてきた？　植木鉢？」

上を見れば教室の窓が開いていて、風に吹かれたカーテンが揺らめいている。ベランダには花の入った植木鉢がいくつも飾られていた。

「あそこは三年の教室だな」

「確かB組です。あのクラスの担任の先生が花を育てていて、ベランダに飾っているらしいので」

泉先輩の言葉を聞いてから、落ちてきた植木鉢とベランダに置かれた植木鉢を見比べる。確かに、遠目から見ても同じ色合いの鉢植えだった。

「俺見てくるから、お前たちは先に会議室に戻っていてくれ」

走り出した先生を見て、中に入ろうと思い摑まれていた腕を引っ張って離した。落ちた植木鉢の近くにあった傘は無事だったらしい。既に傘を差しても意味がないくらい濡《ぬ》れてしまったが、お気に入りのデザインだったので無事でよかった。

水の滴る髪を絞って校舎の中に入る。ハンカチを手にした由佳梨ちゃんが服を拭《ふ》いてくれたが、大きなタオルが必要そうだった。

ふと、振り向けば先輩はまだそこに立っていた。傘を拾うわけでもなく、落ちた植木鉢を呆然《ぼうぜん》と見つめていた。私は再び傘を開いて彼の元に駆け寄る。声をかけても、彼は上の空だった。

「先輩？　風邪ひきますよ」

その頭上に傘を差す。後ろで泉先輩が彼の傘を拾っていた。

「先輩？」

顔を覗《のぞ》き込んでも反応が薄い。

「先輩？　大丈夫ですか？」

目の前で手を振っても、心はここにあらずだった。

「架間先輩、中入りましょうよ。先輩のおかげで私無傷だったので大丈夫ですよ」

先輩が一瞬にして気付いたから、私は濡れるだけで済んだ。もし気付いていなければ、一瞬でも遅ければ、考えるだけで身震いがする。しかし、そんな未来は訪れなかったので、安堵《あんど》しながらも感謝の言葉を告げた。すると、先輩はようやく口を開いた。

「……大丈夫？」

「はい、先輩のおかげで。ありがとうございます」

「大丈夫じゃないでしょ」

「え？」

顔を上げた先輩の髪に滴っていた雫《しずく》が、私の頰に飛んできて思わず目を細める。

「後少しで死ぬかもしれなかった！」

「……先輩？」

突然声を荒らげた先輩に驚いて傘を持つ手が揺れた。

「死ななくても大怪我する所だったかもしれない」

「でも、先輩のおかげで何とかなったんですよ」

「もうちょっと焦れよ」

しゃがみ込んだ先輩に合わせるように、私も膝《ひざ》を曲げてその頭上に傘を差した。大きな溜息《ためいき》を吐きながら髪をかき上げている彼を見て、もしかすると心配しているのでは、という考えに至った。

確かに驚いたし身震いもするが、彼が守ってくれたおかげで私には何の被害もなかった。もう少しで死ぬかもしれない状況だった。それに対し、そこまで焦りを感じないのは、私以上に先輩が焦っているから、逆に冷静になってしまっているのかもしれない。自分より焦っている人間がいると何故だか冷静になってしまうのは、きっと私以外の人間も体験した事があるだろう。今がその時だった。

「心配してくれたんですか？」

伏せた顔を覗き込むように首を傾げた。こんな状況でも誰かに心配されるのは嬉《うれ》しくて仕方ない。そしてその誰かが、彼であったのが嬉しくて仕方ない。にやつく顔を必死に隠すように、反対の手で口元を隠した。

「瀬戸の危機感の無さにね」

珍しく皮肉を言ってきた先輩は鉢植えを指差す。

「おかしいでしょ。外には飾ってなかった」

「風で飛んだのかも」

「そんなわけないじゃん。明らかに人為的だよ」

「それは考えたくないです」

「でもベランダから落ちないでしょ。だって手摺《てすり》の中に置いてあるじゃん」

険しい顔でベランダを指差す先輩は、どうも納得がいかないようだった。雨が降っているので、風も強く、ベランダの柵《さく》にかけていた鉢植えが落ちてきてしまったのかもしれない。現に、ベランダの内側にはいくつかの鉢植えがかけられている。

「外に飾ってたかもしれない」

「飾らないでしょ、普通に考えて」

誰かが落としたのかもしれない。故意ではないのかもしれない。しかし、それは考えたくなかった。もしかしたら体育祭の一件で、泉先輩が好きだった人がやったのかもしれない。しかし、あの後何か言われるのかと思ったら、特に何も起こらなかった。私が泉先輩に好意がないと判断したのかもしれない。その判断は正解である。けれど、B組と聞いて、私は想像したくない人物に行き当たってしまった。これが泉先輩の事を好きで故意にやったのでなければ、答えは一つしかない。目の前で焦りながらも怒りを隠せない人を好きな人がやったのかもしれない。そうでなければいいけれど、そう思ってしまう自分がそこにいた。けれど口にすれば、目の前の彼を余計に心配させかねないため、喉奥《のどおく》に飲み込んだ。

「先輩、私は大丈夫ですよ」

「本当に怪我ない?」

「はい。かすりもしませんでした」

再び視線を逸《そ》らし、顔を上げない先輩を見て、何とも言えない気分になった。多分、これは心配と怒り以外の感情が籠《こも》っている。それが何かは分からないが、こんな姿の先輩を見るのは初めてだった。いつも余裕そうな表情を浮かべて、口角は大体上がっている。真顔になるのは、携帯電話をいじる時くらいだ。

それが自分のせいであるのなら尚更《なおさら》だった。どう言葉を紡ぐのが正解だろうか。膝の上に肘《ひじ》を置いて、頬を軽く叩《たた》きながら考える。そして口を開いた。

「先輩」

目が合った。頬を伝った雫は冷たかった。瞼《まぶた》の上に小さな水滴がついていて反射している。彼が綺麗《きれい》に見えた。

「私はここにいますよ」

何てことのない一言だった。捻《ひね》りのない、分かりきった言葉だった。けれど、それは確かに届いた。フッと、口角が緩むのが分かった。眉《まゆ》を下げて目尻《めじり》に柔らかな皺《しわ》が出来る。それだけでいつもの先輩が戻って来た事が分かった。

「そうだね」

そう言って私の手から傘を取り立ち上がった先輩は、ビショビショだ、とのんきな声を上げた。いつもの調子に戻った先輩を見て安堵した時、雨の音が止んだ。差し込んだ光が眩《まぶ》しくて、目を細め、空を見れば、雲の間から太陽の光が無数に差し込んでいて、白い雲が階段のように光に向かって連なっていた。その光景に目を奪われていれば、頭に軽い衝撃が走った。先輩が私の傘の持ち手で頭を小突いた事に気付くまで、そう時間はかからなかった。傘を奪い取ってその足に当てれば、小さく悲鳴を上げたので急いで靴を履き替えて会議室に向かう。途中で捕まり頰をつねられた頃には、先程までの焦りはどこにも見当たらなくなっていた。

声が響いた。一瞬の青春を閉じ込めたような場所に、自分は不釣り合いな気がしてならない。しかし、行くと頷《うなず》いてしまったのもまた自分自身なので、何とかこの空間に耐えるべきだと思いながら階下を見れば、そこにはユニフォーム姿で指示を飛ばす泉先輩の姿があった。

六月下旬、湿気なのか熱気なのか分からない、独特な暑さがこもっている市民体育館は多くの人で埋め尽くされていた。観客席は関係者で埋まり、横断幕が揺らめいている。ホイッスルが鳴ってボールを投げ合い、ゴールに入れるために戦い合う。素人が見ても分かりやすい競技だと思った。

「最後の試合があるんだ」

泉先輩がそう言いだしたのは数週間前の帰り道だったと思う。架間先輩から聞いていたので驚きはしなかったが、横並びになって帰っている間、試合に出る張本人から誘いの言葉が出てくるとは思わなかった。

「良かったら見に来てくれ。隣の駅にある市民体育館でやるから」

「はい、勿論《もちろん》!」

間髪《い》を容れず返事をした由佳梨ちゃんに呆《あき》れながらも、そういえばハンドボールの試合は見た事がないのを思い出した。時折、体育館で練習している姿を見かけるが、特に興味もなく、遠巻きに見ていたため何をしているのか分からなかった。

「つむぎちゃんと見に行きます!」

だからだろうか。由佳梨ちゃんの言葉にげんなりしながらも、嫌な気はしなかった。興味本位だったと思う。どんな競技なのか分からなかったから、一度見てみるのはありだと思った。しかし、ルールの分からない素人二人が見に行っても、面白味がないのは分かっていた。横目で架間先輩を見れば、自分も行くと言い出したので、何とかルールは分かりそうだと思った。分からなかったら解説してもらおうと考えながら帰ったのを憶《おぼ》えている。

時間は思ったよりも早く過ぎ去り、いつの間にか約束の日になっていた。観客席が埋まっていて席が取れなかったため、仕方なく手摺に身体を預けながらお目当ての人物を目で追った。由佳梨ちゃんは先程から、先輩のルール説明で頭がいっぱいである。既に一度聞いた話を何度も繰り返し聞いていた。

夢中になっている二人を見て、私服を見るのは初めてだと気づいた。由佳梨ちゃんも、先輩も、休日に会う事は一度もなかったので、何だか新鮮である。年相応の服装をしている彼女の隣でコートを指差しながら説明をしている先輩は、随分と落ち着いた服装だった。色合いが無彩色だからなのかもしれない。しかし、普段の制服姿からは想像が出来なかった。

白い無地のTシャツに黒いスキニーパンツ、伸びた腕には革のベルトが印象的な時計が着けられていた。シンプルで着崩す所もない、しかしそれでいて手抜きの感じはしない。先輩のセンスの良さが窺《うかが》えた。

渡されたプログラムにはトーナメント表が書かれていて、出場している学校の数に驚く。この試合に勝つと県大会に駒を進める事が出来るから、どこの選手も気合が入っていた。うちの高校も頑張ってはいるが、難しいだろう。算星高校はこれまで一度も県大会に出場した事がない。なぜならこの県には多くの強豪校が集まっているからだ。そのほとんどが私立高校で、中にはスカウトで入ってきた人もいるらしい。そんな中、強化練習など、部活動に熱心でもない普通の公立高校には分が悪かった。それは多分、泉先輩も分かっているだろう。この前の帰り道で、目標は三回戦まで行く事だと言っていたくらいだ。

しかし、それでも彼らが努力していないわけではない。大きなホイッスルの音が響き渡ると同時に観客の声が上がった。ちょうど、泉先輩が強豪校相手にゴールを決めた所だった。

「凄《すご》い!! 格好いい!!」

興奮する由佳梨ちゃんの声が聞こえて、私も軽く手を叩く。斜めに飛び、敵の不意をついて投げ入れたシュートは素人目からしても分かるほど凄かった。隣で先輩も、感嘆の声を上げていたほどだ。経験者から見ても、今のシュートは良かったらしい。

やがて終了のホイッスルが鳴り響き、算星高校が三回戦進出を決めた。まだ優勝にはほど遠いが、強豪校に勝てた喜びからか、選手たちは涙を堪《こら》えているようだった。

ふと、コートにいる泉先輩と目が合った。気づいた相手は手を振ってこちらを見ている。それに反応した由佳梨ちゃんは同じように大きく手を振って、架間先輩は軽く手を上げた。私は手を振り返すような間柄でもないので軽く会釈をすれば、顔を上げた先でマネージャーの芳賀先輩と目が合った。芳賀先輩は私を見た後、隣の先輩を見てもう一度私に視線を戻した。その目は鋭く、今にも舌打ちが聞こえてきそうだった。どうやら、私は芳賀先輩に酷《ひど》く嫌われているらしい。委員会の時は私だけ冷たい対応をされる。しかし、周りに人がいると笑みを浮かべて私に歩み寄ろうとしてくる。だが、その目は笑っていなかった。

多分、私が架間先輩の事が好きで、お互い想い合っていると勘違いしているのだろう。私たちは先輩と後輩だ。それ以上でもそれ以下でもない。それは、私たちの会話の中でもよく出てくる内容だった。先輩は私の事を生意気で可愛げのない後輩と言い、私は先輩の事をだらしなくてどうしようもない先輩と言っている。そこに恋の輪郭なんてものは存在しない。しかし、芳賀先輩の目にはそうは見えないのだろう。愛憎の籠った瞳《ひとみ》、攻撃する紅《あか》い糸がそれを裏付ける証拠だ。女の嫉妬《しっと》は怖いものである。考え事をしている間に他校の試合が終わり、算星高校の名が呼ばれた。すると私たちの前に座っていた人たちが立ち上がって帰っていったので席に座る事が出来た。座ったと同時に試合が始まって、そこからは一瞬で時が過ぎ去った。

やがてホイッスルが鳴って、一つの青春がここで終わりを告げた。スコアボードを見れば圧倒的な大敗であった。一列になって観客席に深々とお辞儀をする部員のほとんどが、涙を滲《にじ》ませていた。先程私を睨《にら》んでいたきつい視線はどこに行ったのか分からないくらい芳賀先輩も泣いていた。しかし、泉先輩だけがただ前を見ていた。汗か涙かも分からず、肩を組み合いながら泣く部員を見て、一瞬の青春を見た気がした。中には三年生も多いのだろう、来る日も来る日も練習してきたものが、今日で終わりを告げると考えたら、何だかやるせない気持ちになった。私たちは涙を流す選手たちに、よく頑張ったと拍手をする事しか出来なかった。頑張ったと思う。圧倒的な実力差があっても、最後まで諦《あきら》めずに立ち向かっていた。ホイッスルが鳴り響くその瞬間まで戦い続けていた。けれど、相手が悪かった。どれだけ頑張っても、実力差は埋まらない。現実は変わらない。悲しいけれど、それが真実だ。

帰る前にお手洗いに行こうと立ち上がる。二人に断りを入れてその場を離れた帰りだった。一階裏の自動販売機でいつも飲んでいるジュースを見つけた。やばい、こんな所で見つけてしまった。あのジュースは人気がないようで、置いてある所に限りがある。見つけてしまった喜びから、つい買おうと手を伸ばした時だった。外に見覚えのある背中を見つけた。周りには誰もいない、その背中は丸まっていて元気が無かった。放置する事も出来ず、ジュースとスポーツドリンクを買い、外に出てその背中に近づいた。

「先輩」

私が先輩と呼ぶ時、大体その対象は架間先輩だった。しかし、今日だけは別だ。覇気のない背中を放置して見ない振りをするほど、酷い人間にはなれなかった。

「瀬戸か」

振り向いた泉先輩の目元は赤く腫《は》れていて泣いていた事がすぐに分かった。手に持っていたスポーツドリンクを無言で差し出せば、ありがとうと微笑み、それを口にする。架間先輩と一緒にいる時より離れて隣に腰をかける。変わらないジュースに口を付け、変わった隣の人物が口を開くまで待った。

「折角見に来てくれたのに情けない所を見せたな」

「そうですか？」

「負けた所なんて格好悪いだろ」

「それは違うと思いますけどね」

不思議そうな顔をした泉先輩と目が合う。彼と違って意志の強い瞳だった。目を合わせているだけで気疲れしそうなくらい、眩《まぶ》しい存在に感じられた。

「確かに負けましたし、点数差も凄かったです。でも、泉先輩が努力してなかったわけではないですよ」

「努力……」

「三年間向き合って頑張ってきたんですよ。私には出来ないです。最後まで先輩だけは諦めてなかった。凄いと思いました」

たった一人、試合中も諦めず、試合が終わった後も前を向いていた。そこにどんな意志が込められているのか、私には知る由もないが凄いと思ったのは本当だった。

「先輩の三年間は無駄じゃなかったと思いますよ」

私は立ち上がる。呆《ほう》けた泉先輩の顔が珍しくて笑ってしまいそうだった。

「……解人が気に入るわけだ」

「何か言いました？」

「ああ。瀬戸はどことなく解人に似ていると思ってな」

「全然違います。一緒にしないでください」

「いや、すまない。似ているというか、考えが大人びている所が似ていると思って」

似ているだろうか。初めて言われたので分からなかった。確かに先輩は時折大人びた考え方をする。年相応のあどけなさが見えるのは、食べ物を奪い合う時くらいだ。

「ありがとう。瀬戸は優しいな」

「そうでもないですよ」

立ち上がった泉先輩の表情に曇りは無くなっていた。その背を見送った後、自分も戻ろうと動き始めれば、突然後ろから聞こえた声に驚いてジュースを落としそうになった。

「アピールしてたの？」

「……びっくりした」

いつからいたのだろう。いつの間に後ろに立っていた架間先輩は腕を組んでいた。

「アピールって何がですか」

「苑田がいいよアピール」

「……忘れてました」

「ちゃんとやれよ、隊員」

私の手からジュースが奪われて先輩の口に運ばれる。残り半分ほどだったそれは、手元に戻って来た頃には空になっていた。またやられた。いつもこうやって奪われる。腹が立ったので睨みつけたが、先輩は話を続けた。

「で、何話してたの？」

「先輩と似てるっていう不名誉な事を言われまして」

「失礼じゃない？　俺と瀬戸が似てるって、俺に失礼」

「逆です逆。私に失礼」

「いや、俺」

答えの出ない言い争いをしながら隣を歩く。泉先輩の隣に座り話した時とは違い、酷く安心した。それを言うつもりもなく、口を開こうとすれば芳賀先輩の視線を思い出し結局口を閉じた。心臓が、ズキンと痛んだ気がした。


「臨海学校？」

直射日光が当たってアスファルトが眩しく反射している。どこを見ても目が痛い夏がやってきていた。溶けかけのアイスを口に含んだ状態で返事をした先輩の背には汗が滲んでいた。額から零《こぼ》れ落ちる汗が目に入ってしまいそうで、私は制汗シートを取り出して彼に投げつける。それをキャッチした先輩は額を拭《ぬぐ》った後、食べ終わったアイスの棒を包んでゴミ箱に投げ入れた。

「ナイスシュート」

「自分で言うんですね」

七月某日、午後四時過ぎの世界は最早《もはや》人間の住める星ではない。地球が人を殺そうとしているのではないかと思うくらい暑く、どこもかしこも眩しくて仕方ない。商店街のアーケードは太陽を防ぐには心許《こころもと》なかった。

一緒に帰る約束をしたわけでもなかった。帰り際、何となくアイスが食べたいと思ったのだ。一人でコンビニに寄って帰ろうと思い下駄《げた》箱に向かったら、それを見越したかのように先輩がそこに立っていた。そしてアイス食べようと言い出したから、この人はエスパーか何かかと思ってしまった。いつも思うけれど、思考回路を読まれている気がして仕方がない。

知り合って三ヶ月が過ぎたが、彼の隣は思ったよりもずっと居心地が良かった。隣にいる時だけ、私はこの世界に存在していると勘違いするほどに安心した。先輩には正直に話してもいいし、嘘をつく必要だってない。それがどれだけ嬉《うれ》しいか、今までは分からなかった。相変わらず腹が立つ事をされる時もあるが、それは先輩の通常運転だという事を知ってからさほど気にも留めなくなった。

泉先輩の試合を見に行ってから、実に一ヶ月近くの時間が経過していた。私たちの努力の甲斐《かい》があってか、由佳梨ちゃんたちは距離を縮めたようだ。おかげ様で私に襲いかかる悪意は一つを除いて無くなっていた。しかし、その一つも関わる時間が少ないから、私はとても平和な時間を送っていた。

「で、臨海学校」

「お前入学前とかに貰《もら》う広報誌見てなかったの？　臨海学校あるって載ってたじゃん」

「全然見てませんでした。興味なさすぎて」

二人の距離が近づいてから、私たちは四人で過ごす事が多くなった。当番の日以外にも予定を合わせて放課後遊びに行ったりもした。最近ではテストが近かったので、勉強を教えて貰うためファミレスで数時間共に過ごした。頭が良い泉先輩は教えるのも上手だったので、私と由佳梨ちゃんは頼りきりだった。意外だったのは架間先輩の成績が優秀だった事だろう。絶対に素行不良だと思っていたので、後輩の勉強を見られるほどの人間ではないと勝手に決めつけていたのだが、泉先輩までは行かずとも頭が良くて驚いた。その様子を見た先輩が、馬鹿にしてると言い、教科書で頭を叩《たた》かれたのは記憶に新しい。

「自分で聞いといて返事しないの」

「すみません、思い出してました」

「何を？」

「先輩の頭が思ったより良かった事」

「お前本当に俺には失礼だよね」

先輩は投げつけた制汗シートを私の鞄《かばん》に入れながら呆《あき》れて溜息《ためいき》を吐いていた。

テストが終わった後、進路調査票を出す時に躊躇《ためら》った事を思い出す。高校生になったばかりだというのに、数年後の未来なんて想像が出来なかったのだ。由佳梨ちゃんに話せば同じように頭を抱えていたので、考えていなかったのは私だけではなかったと安心した。

先輩はどうするのかと聞いた時、彼は県外の大学の名前を挙げた。それを聞いて、私は適当に受かればいいですねなんて口にして、他人事《ひとごと》だと思ってると言われた。確かに他人事だ。しかし、県外の大学に行きたいという考えは知らなかった。お互いに未来の話はしないので、聞く機会もなかったのだ。来年にはこうやって一緒に歩きながらアイスを食べる事もないと考えると少し寂しい気持ちもした。

「だから臨海学校だよ。夏休み入ってから七月末にあるやつ。学校全体で一泊二日の研修」

「研修って何するんですか？」

「大した事ないよ。何か海岸掃除させられたりとか、後はマリンスポーツしたり。あ、夜にはキャンプファイヤー」

「へぇ」

「で、必殺キャンプファイヤーで一緒に踊ると永遠に結ばれるっていう謎のジンクスがある」

「出た、どこでもありますね、それ」

「友達の山川《やまかわ》君って子がそれで付き合ったんだけど」

「別れたんですね」

「そう。数ヶ月後に別れたね。で、彼は永遠なんて嘘だ!! って叫び続けてたよ」

「山川君……」

哀れ、無念だ山川君。可哀想になって口元を手で押さえれば、先輩が私の真似をして、山川君と呟《つぶや》いたので呆れて軽く肩を叩いた。

「でもそういうのに食いつくお年頃ですもんね」

「瀬戸は違うの？」

「私は永遠なんて信じてないんで」

自分の左手を上げて小指を見せつける。先輩に糸は見えないが、言いたい事は察してくれたようだ。

「運命の相手見えてるからね」

「そういう事です」

永遠なんてものはない。たとえ糸が結ばれた相手に会えたとしても同じ事を言うだろう。幸せになれるかもしれない。けれど、いつかは必ず別れが来る。人には死という、絶対に変わらない概念が存在するのだ。それがあり続ける限り、永遠なんてものはない。一生一緒は生きている間だけだ。必ずどちらかが先に死んで、どちらかが置いて行かれる運命なのだ。それを考えたら、私は先に死ぬ方になりたいと思ったが、糸の相手に会うまでは断言出来ないだろう。

「俺はキャンプファイヤー好きじゃないんだよね」

「理由は？」

「だって熱帯夜に火起こして炎の周り回るんだよ。踊ってる場合じゃないでしょ」

夏になってから、暑いと茹《う》だって日陰で涼もうとする先輩をよく見ている気がする。元々暑がりだから、夏は嫌いらしい。しかし、今年の夏は例年よりもずっと暑いらしく、朝のニュース、冷房完備のスタジオでアナウンサーが嘆いていた。

「瀬戸は暑くないわけ？」

「暑いに決まってるじゃないですか、馬鹿なんですか」

「超涼し気な顔してる。羨《うらや》ましい」

「私は寒がりなので暑さ耐性が高いだけです。冬になったら先輩みたいにずっと文句言ってますよ」

「正反対じゃん」

寒がりの私でもこの暑さは異常だった。何とかして涼しい空間に行きたい。家は好きではないが、今はエアコンのついた自室が恋しい。

「キャンプファイヤーに食いつきそうなお年頃の子がいるじゃん」

「ああ、由佳梨ちゃんですね」

「これをきっかけにして告白してみれば？　って言ってみれば？」

「嫌ですよ」

「何で」

「だって失敗した時私のせいになるじゃないですか」

「確かに。まぁでも」

　そこで言葉を止めた先輩を見る。携帯電話の画面を見て固まっている彼に声をかければ、これでもかと言わんばかりにドヤ顔をした。そして私に画面を見せつけてきた。そこには泉先輩からのメッセージが書かれていた。

『成功すると思うけどね』

『気になっている子に告白しようと思うんだが』

　先輩と顔を合わせて、ハイタッチをした。

　しかし、私たちの予想とは裏腹に、運命は絡んで解《ほど》けなくなってしまった。


「付き合って欲しいんだ」

「……え？」

　目の前の人物の一言に、私は何故か今日一日の事を思い出していた。

　臨海学校に向かうためのバスに乗って、キャンプファイヤーに浮かれる由佳梨ちゃんに呆れ笑いをしながら、これから経験する初めての体験に思いを馳《は》せていた。マリンスポーツは思っていたよりもずっと早く終わった。濡《ぬ》れた髪が乾く前に海岸を掃除して、夕暮れを見てから宿泊施設に戻り、出された夕食を口にした。

「告白出来るかな」

「多分凄《すご》い人気だろうけど、きっと大丈夫だよ」

「本当に？」

「うん、本当」

今日で幸せになるであろう由佳梨ちゃんを送り出す瞬間は、まるで結婚式で娘を送り出す父親のようだった。短い期間だったが、先輩と二人で結ばれるよう尽力してきたのだ。彼女の良い所を泉先輩に何度も教えて、同じ時間を過ごす機会を幾度となく作った。たかが委員会が同じ、当番が同じだけの関係性だった。普通なら距離が詰まる事もないだろう。しかし、二人の糸が結ばれているからだったのか、事はスムーズに運んだ。

「じゃあ行ってくる！」

心臓の辺りをギュッと握りながら、勇み足でその場を後にする由佳梨ちゃんの背に見えなくなるまで手を振ってから、架間先輩に連絡を入れた。

「今行きましたよ」

メッセージに反応はない。多分その内確認するだろう。気づかなくともこの後会う約束をしているので、特に気にも留めなかった。

キャンプファイヤーに参加しない私たちは、その間に宿泊施設のすぐ隣にある天文台で会う約束をしていた。ここからならキャンプファイヤーの様子を見る事が出来ると言った先輩の案だった。私もキャンプファイヤーに参加する気はなかったので、その案に乗った。

生徒たちが会場に向かう中、一人で天文台に向かう。

「そういえば今日まだ見かけてないな」

臨海学校に来てから、先輩の姿を見かけていなかった。いつもなら目に入るから不思議な気分だ。

天文台の入口を開け、長い階段の先を目指す。屋上の件もそうだが、先輩は高い所が好きなのだろうか。別に構わないけれど、階段を上り続けるのはしんどいものがあった。エレベーターが欲しいとぼやくが、あったとしても古びた施設にある古びたエレベーターに乗る勇気もないなと一人で考えて納得してしまった。

最後の一段を上り終わり重たい鉄製の扉を開ける。鈍い音を立てて開いた先には誰もいなかった。ただ、大きな望遠鏡があるだけである。

「先に着いたっぽい」

長い階段を上った先にある天文台の屋上からは、キャンプファイヤーの準備をしている生徒たちの姿がよく見えた。中心に積まれた丸太に火が灯《とも》る。その火は数分もしないうちに大きな炎へと変わった。炎がついて拍手をする生徒を上から見て、自分も同じように拍手する。まるで高みの見物だ。

空を見上げれば名前の知らない星々が無数に輝いていた。辛うじて分かったのが夏の大三角形だ。落ちてきてしまいそうなくらい近く感じる星々を眺めて、大きな望遠鏡で覗《のぞ》く事は出来ないかと片目を瞑《つむ》りレンズの中を覗く。確かに大きく見えるようにはなったが、星の名前すら分からない私にはただの綺麗《きれい》な景色にしか見えなかった。

ふと、遠くから音楽が聞こえた。それがキャンプファイヤーの始まりだと気づくのに、そう時間はかからなかった。

「……遅くない？」

携帯電話を見て送ったメッセージを確認する。返事は届いていなかった。自分で待ち合わせる約束をしたのに、酷《ひど》い奴である。

「しょうがない、もうちょっとだけ待つか」

多少の遅刻は許容範囲内だ。来た時にでも、文句を言ってやればいい。遅れた理由を聞いて、次に出掛ける理由でも作ってしまおう。そう思うと、何だか楽しい気分になった。何だかんだで、私は先輩と過ごす時間が好きだった。

しかし、どれだけ一緒に過ごす時間が好きでも、いつかは終わりが来る。この指から垂れ下がる糸が、どこかの誰かと繋《つな》がっている限り、彼と迎える未来はない。それを充分に理解している。今が楽しい、永遠に続けばいいと思っていても、運命の相手が現れたらその考えは覆ってしまうのだろう。

どうしても、この糸の先に待つ人と結ばれたい。どうしても幸せになりたい。祖父母のような夫婦になりたい。両親のような関係性にはなりたくない。運命の相手と結ばれないという結末は、私にとって、母と同じような人生を歩む事を指していた。

きっと、このキャンプファイヤーで誰かと結ばれるために頑張っている人たちのほとんどに数年以内に別れる未来が待ち受けているのだろう。それを知りもしないのだ。知っている自分は、恋愛をする気にもなれなかった。

どのくらい経っただろうか。あまりにも来ないので、文句の電話でも入れようと思っていた時だった。扉が開く音が聞こえて風が吹いた。やっとか、と溜息《ためいき》を吐き、携帯電話をポケットにしまった。そして一言文句を言おうとした。

「先輩遅すぎじゃないですか、何して……」

振り返ったのだ。

「え……？」

そこに立っていたのは額に汗をかいた泉先輩だった。私は驚いてキャンプファイヤーをしている下を見る。由佳梨ちゃんを探そうと思ったが、溢《あふ》れる生徒で見つけられなかった。

「何でここにいるんですか……」

「解人に教えて貰《もら》って」

「先輩はどこにいるんですか？」

「さっき下で会ったよ」

何をしているんだあの人は。私は泉先輩に軽く頭を下げた後、その横を通り過ぎようとした。勿論《もちろん》、架間先輩に怒りに行くためだ。しかし、それは泉先輩の腕で止められてしまった。左腕が引っ張られ、次の一歩が踏み出せなくなった。不審に思い、泉先輩の顔を見る。

「行かないでくれ」

「何でですか？　あ、ていうか待っててください。先輩に用があるって言ってた人いるので」

「瀬戸に言いたい事があるからだ」

思考が止まった。この展開から出てくる言葉を察せないほど私は馬鹿じゃない。けれど、逃げようとした足は動きを止めてしまった。駄目だ、聞きたくない。耳を塞《ふさ》ごうとしてもその手は動かない。スローモーションのように泉先輩の口が動く。その頬はわずかに赤くなっていた。

「好きだ」

核心を突かれた言葉だった。一番聞きたくなかった一言だった。一番知りたくない気持ちだった。

「付き合って欲しいんだ」

「……え？」

もう何を言われているのか分かっているくせに、その事実を認めたくなかった。絞り出した声は震えている。相手は驚いて出した声だと勘違いしているが、私にとっては絶望に出会ってしまった声だった。

「初めて会った時から気になってはいたんだ」

掴《つか》まれていた腕が離されてだらんと力なく落ちていく。

「もっと話したいと思っていた。だから体育祭の借り物競走で、瀬戸を呼んだ」

体育祭の記憶が蘇《よみがえ》る。観衆の前に晒《さら》された。憎悪、嫉妬《しっと》、嫌悪の感情で心が耐え切れなかった。

「試合を見に来てくれた時、瀬戸だけが言ってくれたんだ。努力してなかったわけではないだろと。その言葉に救われたんだ」

それは丸まった背中を見過ごせるほど割り切れなかったからだ。

「でも、返事は急いでない」

顔を上げれば泉先輩は変わらず私を見つめていた。夜だというのに、眩《まぶ》しくて眩暈《めまい》がしそうだった。

「瀬戸が好きな人は解人だろう？」

「え……」

「解人と話している時の瀬戸は楽しそうだから」

目頭が熱い。言葉にならない感情がこの胸を刺激して、鼻の奥がつんとした。喉《のど》が鳴って言葉が声にならず消えていく。

何も言えなかった。返事をするのも、否定すらも出来ずに後ずさった。背中に冷たい鉄の感触がして、ドアノブに手をかけて後ろ手で扉を開ける。目の前の人物が何かを言う前に、私はその場から逃げ出した。

転びそうになりながら階段を駆け足で降りて、ただ、先輩の背中を探した。どうしようもない現実を突きつけられて、言葉にならない感情がこの胸をうごめく中、ただ、先輩に会いたいという思いだけが私を突き動かした。天文台を出て、宿泊施設に戻るまでの道で、いつもの猫背気味の背中を探し続ける。そして、角を曲がった時、その背を見つけた。

「架間先輩!!!」

上がった息を整える事も出来ず、ただ彼の名前を呼んだ。ゆっくり振り向いた先輩の表情を影が隠している。安堵《あんど》した私は近づこうと歩みを進めるが、先輩はその場を動こうとはしなかった。

「先輩、何で来なかったんですか」

近づいても答えない。私は一歩ずつ距離を詰めていく。

「約束したのに」

裏切られた気分だ。約束したのに、やってきたのは別の人物で、さらにその人に告白されるなんて酷い悪夢だ。

「先輩が来なかったから、私」

「告白された？」

その時、月明かりが私たちを照らした。彼の表情が少しずつ露《あらわ》になっていく。その目には出会った時と同じくらいの濃い隈《くま》が出来ていた。

「さっき縁樹に会って相談されたから」

「だから何で……」

「人の恋路は邪魔しちゃいけないでしょ」

それは正論だ。勿論、私だってそう思う。けれど今はそうじゃない。

「だって、由佳梨ちゃんと泉先輩をくっつけるために動いてたのに」

「確かにいつかは結ばれるかもしれないけど、それは今じゃないかもしれないじゃん」

「それは、そうだけど……」

違う。求めていたのはそんな言葉じゃない。しかし、先輩の口から出てきた一言が全てを終わらせた。

「付き合えばいいじゃん」

「……は？」

「縁樹と。お似合いだと思うよ」

言われた事が理解出来なかった。理解したくもないと頭が叫んだ。

「もうやめよう」

「何を、ですか」

「同盟。そんなもの必要ない」

「……どうして」

「……何で」

声が震えた。伸ばした手が空を切った。外は暑いのに、酷《ひど》く寒く感じて身体中の体温が奪われたように震えた。目頭が熱い。心臓が苦しい。鼻がつんと痛い。

「全部、終わりだ」

そう言って私の隣をすり抜けた先輩の腕を掴む事も出来なかった。理由すら聞けないまま、ただその場に置き去りにされた。遠くから聞こえる楽しげな声が私の心を串刺《くしざ》しにした。

ポロリ。音もなく熱が頬を伝って地面に落ちていった。アスファルトの上、一粒の染みを作った。その染みはどんどん増えていって、やがては足元が真っ黒になった。それでも止《とど》まる事を知らない涙に、拭《ぬぐ》う事すら出来ず呆然《ぼうぜん》と立ち尽くした。色々な事が一気にやってきて、脳が理解する前に感情が先行する。自分の気持ちなんて分からないまま、ただ先輩を探した。

顔を上げて動き出す。まだ、何も理由を聞いていない。どうして終わりにしたいのかすら教えて貰ってもいない。それだけを聞きたくて、彼の後を追った。しかし、その姿は見つからなかった。

宿泊施設の入り口辺りで、誰かを探しているのだろう由佳梨ちゃんを見つけて、思わず足が止まった。しかし、彼女は私に気付き、こちらに走って向かってくる。その目を、見る事が出来なかった。

「つむぎちゃん、泉先輩見た？」

「……見てない」

嘘だ。何があったかなんて話したくもない。泉先輩の告白は断るつもりだ。由佳梨ちゃんの知らない所で終わらせる。それ以上に、私は先輩の事を探していた。

「さっきね、芳賀先輩が架間先輩に告白してる所見ちゃったの!!」

「……え？」

思わず聞き返せば、由佳梨ちゃんは興奮した様子で語り始めた。

「さっきって言っても三十分くらい前なんだけどね」

私が先輩に会う前の出来事だ。だから遅れてしまったのかもしれない。遅刻の原因が分かって責める気は無くなったが、最後に言われた言葉が全ての真実を教えてくれた。

「それでオッケーして、付き合ったんだよ!!」

由佳梨ちゃんは私の肩を抱いて興奮した様子で嬉《うれ》しそうに声を上げた。私の瞳《ひとみ》から、再び涙が零《こぼ》れた。その身体を押し退《の》け、何も言わず距離をとる。訝《いぶか》しんだ彼女は私の顔を覗《のぞ》いた。泣いている事に気付いたのだろう、慌て始めて自分のハンカチを差し出そうとしたが私は何も出来なかった。

気づきたくなかっただけだ。運命を信じていたから、それを理由に自分を、周りを正当化していただけで。握りしめた拳《こぶし》と、痛む心臓と、とめどなく溢《あふ》れる涙は、知らない振りをして誤魔化し続けた感情を裏付ける証拠だった。

「私、先輩の事好きなんだ」

ようやく認めた本音だった。曖昧《あいまい》にして、誤魔化した気持ちだった。手遅れになってから気づくなんて馬鹿みたいだ。もっと早くに認めていたら、この終わり方は避けられたかもしれない。いつだって全てが終わった後で後悔する。

「つむぎちゃん大丈夫⁉」

私の一言が聞こえなかったのだろう。由佳梨ちゃんは持っていたハンカチで私の涙を拭《ふ》き続けた。しかし、私は呆然と立ち尽くした。今日一番の衝撃的な事実に耐えうるだけの心を持ち合わせてはいなかった。こんなにも悲しくて苦しくて、息が止まってしまうほど辛《つら》い感情が恋だなんて知らなかった。変わらない関係に安堵して、何一つ変えようとしなかった自分のせいだ。

ふと、由佳梨ちゃんの紅《あか》い糸が伸びているのに気付き、慌てて彼女を突き放す。由佳梨ちゃんの驚いた顔を見た瞬間、後ろから自分を呼ぶ声がした。

「瀬戸‼」

「泉先輩‼」

嬉しそうに表情を明るくした由佳梨ちゃんを見て、私は逃げ出そうと足を動かす。しかし、泉先輩がそれを止めようとした。

「さっきはすまない。突然で驚いたと思って」

「さっき？」

聞き返す彼女に泉先輩は口を開こうとした。私はとっさに大声を出した。

「止めて!!」

一瞬の静寂がその場を支配した。固まる二人を一瞥《いちべつ》し、未《いま》だ零れ落ちる涙を拭ってその場から走り去った。後ろから二人が私の名を呼ぶ声が聞こえても、振り向かないまま走り続けた。泊まっていた部屋に戻ってベッドに潜り込む。布団を頭の上からかけて、顔を枕に押し付け止まらない涙を止めようとした。

もうぐちゃぐちゃだ。何を思って、何をすればいいのかも分からない。何を言うのが正解で、どうすれば元に戻れるかすら分からない。

「勘弁してよ……」

恋がこんなにも私をおかしくさせるなんて思ってもみなかった。脳内で何度も、彼の言葉が反響し続ける。そして、泉先輩の告白に変わる。好きでこうなったわけではないのに、運命は私と結ばれていないのに、蜘蛛《くも》の巣にかかった虫のように、糸が絡まって解《ほど》けなくなった。何一つ思いつかない。この胸を支配するのは、ぽっかりと空いた大きな穴だけだった。身体が寒い。心に風が吹いている。空いた穴から、先は何一つ見えない。しかし、大事なものを失った事実だけが、そこに存在していた。

やがて部屋の外から由佳梨ちゃんの泣き声が聞こえ、誰かが彼女に大丈夫と声をかけていた。私は、そこから出る事が出来なかった。

朝になって、一睡も出来なかった目元は真っ赤に腫《は》れてしっかりとした隈が存在していた。重い腰を上げて部屋を出れば、同じように目を腫らし、隈を携えた由佳梨ちゃんが目の前から歩いてきて思わず足を止める。綾瀬さんと志田さんに挟まれた彼女は、私を見てただ一言呟《つぶや》いた。

「最低」

言葉が心に突き刺さった時、三人は私の横を通り抜けて行ってしまった。大きな溜息《ためいき》を吐いて壁に背を預けた。気合を入れなおして食堂に向かえば、遠くに架間先輩の背を見つけた。その目の前には芳賀先輩が座っていて、こちらを見て満足気に笑った。目を逸《そ》らして、彼女からも、彼からも離れた場所に一人で座った。

大切なものが壊れる瞬間は一瞬だ。それが分かっていたからこそ、こんな面倒事を避けたかったからこそ、目立ちたくなかった。距離を詰めたくなかった。人間なんていつか裏切る。感情だけで行動を決め、恋愛という種の存続が作り出した感情で優越感に浸り、誰かを傷つけるのだ。馬鹿みたいだ。

一人で朝食を取ろうとしたが、何も食べる気が起きずに大きな溜息を吐いた。すると目の前の椅子が引かれて、泉先輩が座って来た。

「すまない」

「……別に悪い事してないですよ」

「しかし、きっかけを作ってしまったのは俺だ」

誠実な人だ。この人を一番に好きになれたら良かった。

「断られても、俺は瀬戸の味方でいるから」

ああ、その言葉は、貴方《あなた》じゃない人に言って欲しかった。望んでいた言葉は望んでいた人の口からは発せられなかった。真っ直ぐな瞳も、凛《りん》とした表情も、全てが眩《まぶ》しくて仕方がない。垂れ目がちで目尻《めじり》に皺《しわ》を寄せた瞳が恋しい。いつもヘラヘラしながら適当な事を言っているその口が恋しい。けれど、もう戻れない。

「お試しでも良い。瀬戸の気が向いた時でいいから付き合ってくれると嬉しい」

差し出された手が温かくて、照らされた灯《あか》りが優しくて、一人ぼっちになった私はその手を取った。口を開いて了承をした時、嬉しそうに微笑む姿を見て、もう全てが狂ってしまった事に気付き、知らない振りをして目を閉じた。

想いを解く人

利用していないと言えば嘘になる。私は間違いなく、この人を利用した。目の前で楽しそうに話をするこの人に、何一つ罪はない。断る事だって出来たのに、それをしなかったのはもうどうだってよかったからだ。糸が繋《つな》がっていなくても、一時だけは幸せになれるかもしれないと思った。心の安寧を探していたら、それをくれそうな人が彼だっただけなのだ。

それに気付いているのだろう。泉先輩は性急に事を進めはしなかった。元々お試しで付き合うという形を取ったから余計に。そして、元来真面目な性格である故なのか、接触はほとんどなく、触れたとしても手を繋ぐだけだった。繋がれた手からは心躍るものは感じなかったが、その人柄からか、酷《ひど》く安心したのは事実だった。

架間先輩とも、由佳梨ちゃんとも連絡を取らずに夏休みが過ぎ去った。数回のデートを重ねた泉先輩は、二人の話を口にしなかった。その配慮はありがたかったが、悲しくも感じた。四人で勉強をしたファミレスで、二人だけになってしまったと感じて、感傷的になったのは数日前の出来事だった。


何だか時間が随分経ってしまった気がした。体感はずっと長いように感じた。どれだけ泉先輩と話しても、埋まらない穴は私の心に存在し、風が吹き込み続けていた。

夏休みが明けて、私を待っていたのは好奇の目と嫉妬《しっと》心、そして由佳梨ちゃんと周りからの徹底的な無視だった。ここまで来ると面白くて笑ってしまいそうだった。教室に居場所はなかったが、実害が出なかったのはまだ良かったと思う。クラスの女子生徒のほとんどは、由佳梨ちゃんが根回しをしたのか、私を無視した。唯一返事をしてくれるのは綾瀬さんくらいだが、彼女も気まずそうに目を逸《そ》らしてこちらを見なかった。廊下を歩けば他学年からも好奇の目で見られ、多くの女子生徒からは憎悪の籠《こも》った瞳《ひとみ》を向けられた。学校にいるだけで紅い糸が絡まって苦しくなって息が出来なくなりそうだった。改めて凄《すご》い人と付き合ってしまったと思った。

唯一の逃げ場は、いつか架間先輩が入り方を教えてくれた屋上だった。空が高く、ここにいる時だけは人と関わらずに済んだ。実際には人と関わっているのは最小限になっているのに、精神と身体に与える影響は今の方が大きいなんて笑い話もいい所だろう。秋風が吹いて寒いと感じても、休み時間はここに来て姿を消した。一日数十分、ここにいないと心が壊れてしまいそうだった。多分、期待していたのだろう。もしかしたら会えるかもしれないなんて馬鹿みたいな事を考えていた。けれど、何度その場に足を運んでも先輩の姿はなかった。

当番の時すら、話さなくなった二人は私から距離を置いた。今まで両隣にいたはずの二人は、泉先輩の隣に移動して私から一番遠くまで行ってしまった。

どうにでもなってしまえと思った。中学生の時、似たような状況に陥ったがそれにまた戻るだけだ。孤独は子供の頃から慣れている。幸いにも今回は一人ではない。しかし、一人ではないという事、その相手のせいでこうなっているというのも事実だった。

先輩は誠実そのものだった。だからこそ、今になって引けなくなったとも思っている。本当は悪いと思っているのだ。お試しとはいえ、好きでないのにその想いに応《こた》えた事、誠実に誠実を返せないから、ここで手を離してあげなくてはいけないと思った。けれど、この手を離せば、本当に一人になってしまうから離せなかった。最低で馬鹿みたいだった。

何も変わらないまま時間だけが無情に過ぎて、文化祭のシーズンになった。ロングホームルームで出し物がお化け屋敷に決まり、皆興奮した様子で楽しそうにはしゃいでいたが、私は蚊帳《かや》の外だった。裏方に回ってお化け屋敷の備品を黙々と作っていた放課後、突然段ボールを頭に投げつけられた。驚いて顔を上げれば、クラスメイトの女子たちが高笑いをしながらこちらを見下ろしていた。

「私たち、用事あるから後よろしくね」

ゲラゲラ笑いながら出ていく彼女たちを見て、私は教室で一人ぼっちになった。

「馬鹿みたいだ」

目の前には手の付けられていない段ボールに小道具。一人でやるには無謀な量だった。このまま私も帰ってしまおうか。そう思ったが実行に移せないのも駄目な所だった。本当は全部投げ出して逃げてしまえばいいのに、無視する人間全ての胸倉を摑《つか》んで文句を言ってやればいいのに、学校になんて来なければいいのに、何一つ出来ないのは私に勇気がないからだ。ここに来てまだ、いい子の自分を演じている。学校に来ないで家に籠れれば良かったけれど、家に自分の居場所がないのは既に分かっていたので、無視されようがここに来るしかなかった。

毎日が息苦しかった。架間先輩と一緒にいる時はこんな事思わなかった。毎日がキラキラ輝いていて、とりわけ金曜日が楽しみで仕方なかった。渡り廊下、自動販売機の前、当番、放課後の寄り道、忍び込んだ屋上、全部、全部楽しかったのだ。私の世界は先輩中心に回っていた事に気付いても、もう何一つ変えられない無力な自分がここにいた。

カッターの刃を取り出して段ボールを切っていく。ただ、虚《むな》しさだけがこの胸に存在していた。声を上げて泣いても、何も変えられない。彼はやって来ない。そんなの会話しなくなったこの数ヶ月で充分に理解していた。

「馬鹿みたいだ」

何度でも同じ言葉を繰り返す。世界に対してではない。人間に対してではない。私という人間に対してだ。自分がどうしようもないのは理解している。分かっている。そんな事ずっと前から知っていた。

ガラッと背後の扉が開いた音がした。振り返ればそこには学校の人気者であり、私の彼氏になった人がいた。その人は驚いた顔で私を見ていた。

「まだ帰ってないって聞いて」

「作業中です」

「一人で？」

「一人で」

手を広げて大袈裟《おおげさ》にリアクションを取った。床には散乱した段ボール、何一つ形になっていない、文化祭まで間に合う気がしない作業状態だった。

「手伝う」

「大丈夫です。先輩の仕事じゃないし」

「瀬戸だけの仕事でもないだろ」

「それは正論ですけど」

隣で胡坐《あぐら》をかいたその人は鋏《はさみ》でラインの書かれた段ボールを切り始めた。小さく感謝の言葉を述べて、自分の作業に取り掛かる。

「瀬戸のクラスはお化け屋敷か」

「先輩のクラスは？」

「メイド喫茶だ。……女装の」

「女装……」

脳内でメイド服を着た泉先輩が再生された。びっくりするくらい似合わなくて思わず笑ってしまう。本人もげんなりした様子で大きな溜息を吐いていた。

「酷いくらい似合わないんだ」

「イメージはつきます」

「女子が羨《うらや》ましいよ」

「スカート穿《は》くんですよね？」

「ああ、最悪だ」

失礼だが笑いが止まらない。彼は数ヶ月前に部活を引退したが、その筋肉は健在であった。腕は私よりもずっと太くて、肩回りはがっしりしていた。メイド服は入るのだろうか。接客中にボタンが飛び跳ねたら笑うしかない。

「時間が出来たら来てくれ。いや、嘘だ。来ないで欲しい」

「悲惨ですからね」

笑いで涙が出そうになり作業をする手を止めれば、いつの間にか夕暮れが教室に差し込んでいた。思ったよりも時間を過ごしていたらしい。散らかった床を見て、そろそろ終わりにしようと思い小道具を片づけていく。それを見かねたのか、隣で作業を止めた泉先輩は切り終えた段ボールを床に滑らせた。

「瀬戸」

「何ですか」

片づけに気を取られていた私は、すぐ後ろに先輩がいる事に気が付かなかった。四つん這《ば》いになりながらゴミを集めている私の腕を摑んだその人は、腕を引っ張る事も振り向かせる事もしなかった。不思議に思い座り直してそちらを振り向く。先輩の白いシャツが、茜色《あかねいろ》に染まっていた。伸びた影が背後にある壁を黒く染めた。綺麗《きれい》な夕暮れだと思っていたその瞬間だった。唇がゆっくりと、音もたてずに近づいてきたのは。

あ、キスされる。私の頭は不思議と冷静で、今の状況をどこか遠くから見ているような気分だった。ゆっくりと、目を閉じてその瞬間を待とうとした。きっとこのキスで世界は変わるだろう。誠実な彼の事を好きになって、隣にいたいと願うようになる。その瞬間を待ち侘《わ》びていたのに、瞼《まぶた》の裏に現れたのは違う人物だった。その人物は私を見て得意げに笑い、ポケットに手を突っ込んでいた。

信じるよと、たった一言が脳内に反響した。白で統一された保健室のベッドの横で、ただ真っ直ぐにこちらを見ていた。曇りのない瞳《ひとみ》は全てを信じてくれていた。その目の下に出来ている隈《くま》でさえ、愛《いと》おしくて堪《たま》らなかった。帰り道、頭一個分も身長が離れているのに、隣を歩く私に歩幅を合わせている事に気付かない振りをした。差し出された優しさに、平然とした表情で気にしない振りをした。泉先輩と話す度、何度も顔を出しては消えていく。泣きそうになる度に溢《あふ》れ出す思い出は消える事なく、黙ったら喉《のど》の奥に言えなかった一言が愛しい姿をして立ち尽くしている。フラッシュバックのように思い出が駆け巡って、最後に揺らめいて目の前から消えようとした。

違う。咄嗟《とっさ》に両手を伸ばして近づいてくる唇を止めた。見開かれた目に映った私は酷《ひど》く動揺していて、今にも泣き出しそうだった。先輩はそれを見て私の両手を掴んで降ろす。静寂が流れて、言葉を探した。

言わなくちゃ駄目だ。もう、自分の気持ちに嘘はつけない。

「まだ解人の事が好きか？」

声色はとても優しいものであった。目を合わせた瞬間、左頰を涙が伝ったのが分かった。

「……好き、です」

「……そうか」

酷く傷つけたのに、相手は柔らかく微笑んでいた。まるでその一言を待っていたと言わんばかりに、私の気持ちを受け入れた。

「……先輩の事、好きになれると思ったんです」

「ああ」

「優しくて、頼りがいがあって、魅力的で、誠実で。悪い所と言えばちょっと鈍感な所くらいで。でもそれすら魅力だと思いました」

「そうか」

脳裏に彼がちらついた。正反対だ。意地悪で、頼りがいなんてなくて、全部お見通しだと言わんばかりに笑って、一緒にいても言い合いばかり。

「……でも、私にはあの腹立つ笑みを浮かべた、不真面目で、意地悪で、適当で、それでも笑ってくれるような馬鹿な人間が良いんです」

向き合う事から逃げ続けた。恋も、友情も、信頼関係を壊していった。理由をつけては見ない振りをして、愛想笑いを繰り返した。誰かを信じる事もせず、自分ばかり傷つくのを怖がった。自分ばかりを考えていたから、誰にも届かなかったのだ。

「ごめんなさい」

深く頭を下げた。許してもらえるとは思っていない。これはせめてもの謝罪だ。

「先輩の事利用して傷つけました。許してもらえるとは思ってないです」

身勝手だ。散々振り回して、貴方《あなた》の事を好きになれませんなんて、自分勝手にもほどがある。

「言っただろ？　お試しだって」

まだ、それを憶《おぼ》えていたのか。てっきりお試し期間は終わったと思った。きっと終わっていたのだろう。これは先輩の優しさだ。

鞄《かばん》を手に立ち上がる。扉から出ようとした時、名前を呼ばれて立ち止まった。

「ちゃんと気持ちを伝えるんだぞ」

振り向いた先、泉先輩は笑っていた。私は情けなく顔を歪《ゆが》めて深く頭を下げ、その場を後にした。

最低だ。全てが最低だ。進む足を止めずに歩き続けた。自分が情けなくて消えてしまいたかった。人を傷つけて、向き合う事から逃げ、何一つ変えようとしなかった。行動を起こせば変えられたはずだ。それなのに、しようとしなかった。何も出来ない自分に対して、泉先輩は最後まで優しかった。背中を押されたのに、返事すら出来なかった。

全部を諦《あきら》めた。けれど、違う。諦めてなんていなかった。ただ、自分が楽な方法を取って逃げただけだ。傷つかない場所まで連れてきてもらっただけだった。

「馬鹿みたい」

自宅の扉を乱暴に開ける。玄関で靴を脱ごうと思った瞬間、見知らぬ靴が目に入った。大きさからして男性の物だろう。この時間に父は帰ってきていない。嫌な予感がして音を立てずゆっくりと靴を脱ぎ、廊下をすり足で歩く。リビングから話し声が聞こえた。聞き覚えのない声だった。すりガラスから様子をうかがう。

ドアノブに紅《あか》い糸が絡まっているのが見えた。それだけで中にいる人物が母の浮気相手だという事に気付いてしまった。深刻な表情で何かを話している二人を見て、私は一歩ずつ後退《あとずさ》りをしていく。脱いだはずのローファーを履いて、気付かれないように玄関の扉を開けた。ギィッと音を立て開いた扉に気付いたのか、母の声がこちらに近づいてくるのが分かった。私は急いで扉を閉めて、来た道を戻るように外へと飛び出した。

もう全てが消え去って欲しい。夜の帳《とばり》が降りた公園で、遊具に座って地面を見ながら消えたいと願った。皆が運命の相手と結ばれるなら、傷つく人なんて出なかった。そもそも、運命さえ見えなければ、こんなにも孤独は感じなかった。全てはこの糸から始まったのだ。祖父母の死から、私はまだ何一つ前に進めていない。

どうにかして気分を紛らわそうと、思いつく限りの不平不満を口に出す。

「お母さんは、とっとと別れてそっちとくっつけばいい」

先程の光景を思い出して文句を言う。

「由佳梨ちゃんはくだらない無視をするくらいなら、泉先輩に告白すれば良かったのに」

自分の非など気にせずに、どんどん文句を言っていく。それでも、この心が晴れやかになる事はない。

「何のために、私が、愛想笑いをして距離を置いてたのか知らないくせに」

知っているわけないだろう。自分で自分にツッコミを入れながら、虚《むな》しくなって溢れる涙を拭《ぬぐ》う。しかし、乾いた地面は涙を吸って染みを作っていく。街灯に照らされた公園は静かで、私の泣き声だけが響いていた。

「架間先輩だって、芳賀先輩の事が好きなら言ってくれれば良かったのに」

「俺が何だって？」

「……は？」

目の前に長い影が伸びた。聞き覚えのある声に驚いて顔を上げれば、額に汗を滲《にじ》ませて肩を上下させながら荒い息をした、架間先輩が立っていた。突然の事で訳が分からなくなり、全身が固まってしまった。零《こぼ》れ落ちていた涙は一瞬で止まって、濡《ぬ》れた頬が風にさらされて冷たい。心臓が苦しくて仕方ない。先輩は、で？　と声を出す。絞り出した声は、可愛げのない言葉を紡いだ。

「……何してるんですか」

「……ランニング」

「ランニングの格好じゃないでしょ、それ」

制服のまま走っていたとでも言うのだろうか。言い訳にしては下手過ぎる。

「今何時だと思ってんの」

「九時です」

街灯で照らされた時計を指差す。その周りには光につられた虫たちが飛び回っていて思わず顔が歪んだ。久し振りに見る先輩の顔は何だかげっそりとした様子だった。毎週金曜日顔を合わせてはいるものの、向き合う事なんてほとんどなかった。だから、どんな表情をしていて、どんな事を思っているかなんて、知る由もなかったのだ。

「帰りなよ」

「……嫌です」

今帰ったら、まだ二人がいるかもしれない。何を話していたのかは知らないが、わざわざ家に上げている以上、ろくな事ではないだろう。それくらい、たかが十五歳でも分かる。しばらくは顔を合わせたくなかった。見下ろしてくる先輩の顔を見られず、視線を横にそらす。理由なんて言いたくもなかった。

「補導されるよ」

「補導の方がましです」

「変質者に襲われるかも」

「走って逃げます」

話したいのはこんな事ではないのに、口を開けば悪態をついてしまう自分がこの時ばかりは憎かった。本当は誰かに泣きつきたい気分だなんて言えるわけがない。受け止めてくれるわけがない。だんまりを決めた私を見て、先輩は大きく溜息《ためいき》を吐いて私が座っていた遊具を蹴《け》り飛ばした。反動で前に飛び出た私を受け止めた先輩は、何も言わず腕を摑《つか》んだ。

「な、にするんですか!! 危ない!! 意味分かんない!」

「こうでもしないとそこから動かないでしょ」

「動きますよ! 時間が経てば!!」

「それを待ってたら夜が明ける」

右腕を引っ張り歩く先輩を何とか阻止しようと、左手で彼の腕を摑んで足を止めた。しかし、抵抗も空しく、私の足は公園の砂の上に、レールを敷くだけだった。

「どこ行くんですか‼」

「重い、歩いて」

「どこ行くか分からない限りずっとこうです！」

「家帰りたくないんでしょ。そこには連れて行かないから安心して歩いて。ていうか、もう限界だから歩け」

片腕で私を引っ張る先輩は、重たいと文句を言いながら足を進める。摑まれた腕がもう限界だった。諦めて自分で歩き始め、その背中を見ながら、摑まれた腕をぶんぶんと振った。

「離してください」

「逃げるでしょ」

「……逃げませんよ」

「言い淀《よど》んだ。絶対に離さない」

こちらを振り返らずどんどんと進んでいく先輩に、お手上げですと言って摑まれた腕を解放するのを諦めた。多分、言い分は聞いてくれないだろう。摑まれた腕は痛いくらいだ。何が何でも離さないという意志が見て取れた。

「……どこ行くんですか」

「知り合いの所」

「交番とか言わないでくださいよ」

「警察の知り合いなんていないから」

こんな所を見られたら、私も先輩も間違いなく補導されるだろう。

家から離れて、見覚えのない道を歩き始める彼を見て、どんどん不安になった。この人は今何を思っているのだろう。どうしてここにいるのだろう。どこへ行こうとしているのだろう。その背中が聞く事を遮っていた。数ヶ月前に何度も見た背中は、また少し猫背になっている気がした。身長が伸びたのだろう、制服の袖《そで》は、前に見た時よりも短くなっていた。たかが数ヶ月話さなかっただけなのに、もう随分と会っていなかったように思える。

いつもそうだ。彼はいつも、私が落ち込んでいたり、ピンチになったりした時に必ず現れた。体育祭で倒れた時、植木鉢が落ちてきた時、今だって私の手を引いている。いつだって助けてくれる。その大きさに、どうして今まで気付かなかったのだろう。先輩の存在がかけがえのないものだと、離れてからようやく気付くなんてどうかしている。

そして、引かれた腕に熱が帯びているのも、今更になって気づくのだ。

「ここ?」

目の前には決して綺麗《きれい》とは言えない庇《ひさし》に、手書きであろう文字が大きく印刷されていた。一目でそれがお店だと分かったのは、壁に貼られていた今日のおすすめ定食というポスターからだった。店前の明かりは既に消えている。しかし、彼は迷いなく引き戸を開けた。

「叔父《おじ》さん」

「解人、お前突然出ていったと思ったら」

左手にカウンター席が八席、右手は座敷になっている。カウンターに隣接された厨房《ちゆうぼう》から、中年男性が顔を覗《のぞ》かせた。顎髭《あごひげ》が印象的なその人は、使い込まれたタオルを首から下げていた。

「まかない、この子も食べるから」

顔を傾けて私を指した先輩は、さも当たり前だと言わんばかりに靴を脱いで座敷の席に座った。綿の少ない座布団が彼のお尻《しり》に潰《つぶ》されて可哀想な形になっている。私はその場に立ち尽くし、先輩と中年男性の顔を交互に見たが、男性の方は面白そうに笑って厨房に帰っていってしまった。

「お嬢ちゃん、そこ座りな」

並べられた一升瓶の間から、彼の前の座布団を指差した男性に軽く会釈を返す。言われるがまま靴を脱いで座布団に座れば、机に頬杖《ほおづえ》を突いて携帯電話をいじる先輩と目が合った。

「俺の叔父さん、この店の店主」

一瞬だけ合った視線は再び携帯電話に戻された。紹介された店主は豪快に笑いながら何かを作っていた。厨房の音がこちらにまで聞こえてくる。

「解人の彼女か？」

「違う。後輩」

「ほぉー、そうかそうか」

絶対に勘違いしているであろう男性は、ニヤニヤしながらこちらに向かって親指を立ててきた。

「若いっていいなあ」

楽しそうに何かを作っていた店主は、店の奥へと消えていってしまった。店内に残されたのは二人だけ、目の前の彼は携帯電話に夢中である。気まずい空気を何とかしようと、私は必死に考えて当たり障りのない話を選んだ。

「叔父さんと仲良いですね」

「たまに手伝ってるからね」

先輩のアルバイト先はここだったのかと今更になって知った。あの時はどこで働いているかなんて聞きもしなかったが、今になってその答えが分かるとは何とも言えないものがある。

「どうして、公園に来たんですか」

彼は何も答えない。眉間《みけん》に皺《しわ》を寄せながら画面を見ているだけだ。

「何で連れて来たんですか」

以前までの関係性なら、問いかけの返事をしてくれただろうか。今の私たちには、それすらも出来ないのだろうか。何を思ってここに連れて来たのか、何を考えてあの場にやって来たのか、何一つ教えてくれないのは、もう変わってしまった関係性が故なのだろうか。

正座をした膝《ひざ》の上、スカートに皺が出来るくらいギュッと拳《こぶし》を握り締めた。目の前に彼がいるのにずっと遠く感じた。

「泉先輩と別れました」

「知ってる。さっき連絡来てたから」

「……そうですか」

何も言ってくれないのか。むしろ何を期待していた自分は。別れたと言って、どう返事をするのが正解なのかも知らないくせに、私は先輩に求め過ぎている。こちらの返事など分かったように言葉を返すから、先回りをしてくるから、それに甘えていたと、今やっと痛感した。別れても先輩に関係ないだろう。彼には既に彼女がいて、私たちは以前のような仲には戻れない。そもそも、私が恋愛感情を抱いている以上、戻る事なんて出来ないのだ。

「ほら、出来たぞ」

重苦しい空気を断ち切ったのは、目の前に乱暴に置かれた丼《どんぶり》だった。カルビだろうか、たれが絡まった何枚かの肉の下にレタスが敷かれ、その下から白米が湯気を立てていた。鼻孔をくすぐった匂いが胃にまで届いて、小さく音を鳴らした。恥ずかしくなって自分のお腹を押さえれば、店主は気にするなと言ってまた豪快に笑った。

「腹減ってるんだろ。今日のまかないだから気にせず食え」

「ありがとう、ございます」

「お嬢ちゃんの名前は何て言うんだ？」

「瀬戸、瀬戸つむぎです」

「つむぎちゃんか。いい名前だ」

　私たちの会話など知らぬ振り、先輩は既に手を合わせて丼に口を付けていた。

「美味《うま》いから食べてみな」

　手渡された箸《はし》を受け取り、いただきますと声を出して手を合わせた。具を箸でつまんで口に運ぶ。口の中で広がったそれが、魚であった事に気付く。店主はしてやったりの様子で口角を上げた。その表情が、彼に似ていると思ったのは錯覚ではないだろう。

「それはマグロだ」

「……美味《おい》しいです」

「だろ？　毎朝二時間かけて仕入れに行ってんのよ」

　美味しくて箸が止まらない。黙々と口を動かす私を、店主は優しく見守っていた。お腹が満たされた頃、先程まで考えていた消えてしまいたいという気持ちはどこかに無くなっていた。

先に食べ終わった先輩は、ちょっと待っててと一言だけ言って、どこかに行ってしまった。多分、荷物を取りに行ったのかもしれない。空になった丼を持って、店主の元に行き、ごちそうさまでしたと礼を言う。それを受け取った店主は皿洗いを始めた。

「洗います」

「いや、他の洗い物もあるんだ。気にするな」

「……ありがとうございます」

「……解人がな、知り合いを連れて来るの初めてなんだ」

水の流れる音がやけに耳に響いた。洗剤の匂いが鼻につんと来た。

「……そうなんですか」

「友達がいるのは知ってるんだけどな。だからつむぎちゃんが来て嬉《うれ》しかったんだ」

意外だ。友人がいないわけでも、学校からそう遠いわけでもないのに、連れて来た人がいないとは思わなかった。

「けど今日の様子を見て思ったんだが、喧嘩《けんか》でもしてるのか？」

喧嘩と言うのだろうか。仲違《なかたが》いっていうのも違うだろう。けれど距離が空いてしまったのは真実だった。

「あいつが怒る事って少ないからな」

「そう、ですね……」

確かに先輩が怒った所を見たのはあの雨の日だけだ。それも怒っているとは言い難いだろう。ただ怒りに任せて怒鳴っている姿は見た事がない。

「それでも連れて来たって事は、思う所があるんだろ。何かあったのか？」

「……喧嘩っていうか、何て言えばいいのか分からなくて」

確実に開いてしまった距離をどうすればいいのか分からない。どう解決すればいいのか、何と話せば伝わるのかすら分からないのだ。

「ただ、確実に距離が開いてしまって。どうしたら戻れるのかも分からなくて」

戻りたいのだ。多分、ずっと、この数ヶ月そう考えていた。

「向き合ったのか？」

「え？」

蛇口が閉まり、水が止まる。タオルで手を拭《ふ》きながらこちらを向いた店主は真剣な顔をしていた。

「自分が言いたい事を正直に言って向き合わないと何も伝わらない」

「何も、伝わらない……」

「向き合う事から逃げたら駄目なんだよ」

その言葉が、心の中にストンと落ちていった。ずっと必要だった言葉なのかもしれない。

「それにな、戻るって難しいんだよ」

「戻れないんですか」

「ああ。開いた距離が戻っても、同じ関係性に戻るのは難しい。けれどな、それでも前に進まないと行けないんだ」

「前に……」

「悩め若者、青春だな」

歯が見えるくらい口を開けて笑った店主が教えてくれた言葉が心に残り続けた。

人生の中で重要な言葉は近しい人間の一言ではなく、関係性のない人間が放つ言葉だと、どこかの本で読んだ事がある。間違いなく、私にとって今がその時だった。階段から足音が聞こえて、鞄《かばん》を取りに行った先輩が戻ってきたのに気づき厨房《ちゅうぼう》から出る。壁にかけられた時計は十時を過ぎていた。

「また来てな」

店の前で私たちに手を振る店主に深く頭を下げて、先に歩き出した先輩の後を追った。向かう先が私の家の方向だという事は、何となく気付いていた。送ってくれるのだろう。何も言わず、何も教えてくれず、先を歩いていく背中を、今日はどのくらい見つめたのか分からない。

「良い人でした」

「だろうね」

「ありがとうございます」

「俺に言う事じゃないでしょ」

相変わらず突き放すように返事をする彼を見て、何を言っても届かないのではと思ってしまった。戻りたいわけではない。戻れるわけもない。けれど、先輩は間違いなく私を助けてくれた。あのまま公園にいれば危険だっただろう。連れて来られた理由だって分かっていた。

「先輩に言う事ですよ」

足を止めて遠ざかっていく背中を見つめた。数歩先を歩いていた先輩は、私の足音が聞こえなくなったのを不審がり、足を止めて振り向く。ポケットに手を入れたまま、気《け》怠《だる》げな表情でこちらを見る彼の口角は、以前のようには上がっていない。それだけで、変化を受け入れるのには充分だった。

「先輩が何で来てくれたのかはどうせ聞いても教えてくれなそうなので諦《あきら》めます」

「そうだね」

「でも、ありがとうございました」

街灯の電気がチカチカと瞬く。数十センチしか離れていないのに、もうずっと遠い所にいる気がした。

「私、先輩に甘えてたんですよ」

「俺に？」

自分を指差した先輩を見て一度だけ頷《うなず》く。右手で自分の左手小指を触って糸に触れた。変わらず、ここには運命がある。

「先輩に会ってから、何を言っても受け入れてくれて信じてくれるから、助けてくれるから、先輩の気持ちなんて知らないままここまで来ちゃいました」

情けなくて笑ってしまう。この小指には糸があって、先輩の小指には糸がない。それは変わらないのに、繫《つな》がっていれば良かっただなんて絵空事を描いてしまう自分が馬鹿みたいで仕方ない。けれど、これは全部私の弱さだ。

「私、自分勝手なんですよ」

街灯が再び、チカチカと瞬いた。

「糸のせいとか言って人を遠ざけて、愛想笑いを繰り返して、誰かを信用したりしなかった。向き合って来なかったんです。自分が傷つきたくなくて、何かに理由を付けて正当化しようとした。馬鹿みたいなんです」

常人には見えない運命が見える。それだけで人と違うのは明白だった。けれど、それが理由なのではない。運命に干渉したくないと言って、祖父母を殺したかもしれない罪を背負って、いつ現れるか分からない運命の相手だけを待ち続けた。人を遠ざけ、愛想笑いを続けて深入りしなければ、誰かの運命を変えなくて済むと思った。この糸の先が必ずハッピーエンドだと信じて止まなかったからだ。

けれど、私は向き合う事から逃げた。

「泉先輩の気持ちに向き合わず、由佳梨ちゃんの事を信用せず、先輩には悪態ばかりついていた。全部、自分のためだったんです。向き合う事から逃げて、傷つく事を恐れたから」

架間先輩も、由佳梨ちゃんも、泉先輩も、私に対して誠実でいてくれた。信用して、同じ時間を過ごしてくれた。壊れたのは誰のせいでもない私のせいだ。私は信用に信用を返さなかった。言っても信じて貰《もら》えないと文句を言って、言いもしないのに勝手に決めつけた。全ての人間に糸は見えない。けれど、皆同じ様に人と接して共に歩んでいる。私だけが特別なわけではないのだ。

でも、もう止めよう。向き合う事から逃げるな。糸が見えても見えなくても、人間は誰かとぶつかって傷ついては学び、前に進む。傷つく事から逃げていたら何一つ変えられないと教わった。

「向き合わないのは、もう止めます」

息を大きく吸い込んだ。自分の気持ちとも向き合わなくてはいけない。彼女がいるのは分かっている。断られるのも分かっている。けれど、ここで言わなくちゃこの先一生言えない気がした。嘘をついて正当化しようとしたが、感情は理性で縛る事が出来ない。

「私、架間先輩が好きです」

風の吹く音が嫌なくらい耳に入った。先輩の髪が揺れて夜風が私たちの間を過ぎ去っていく。

「その気持ちには応《こた》えられない」

分かっていた返事だった。何が返ってきても、後悔はなかった。

「俺は瀬戸の運命の相手じゃない」

運命を信じていた。見えもしない糸の先、誰かと結ばれていると当たり前に思っていた。それが誰でも構わない。一緒にいればきっと幸せになれると思っていた。けれど、先輩は私の運命の相手ではない。その指に結ばれていたはずの糸はどこかに消えて、私の糸とも繋がらない。

「運命の相手信じるんでしょ」

「……そうですね」

「じゃあ俺じゃない」

話は終わりだと言わんばかりに歩き始めてしまったその背中を、しばらく呆然《ぼうぜん》と眺めていた。振り絞った勇気は信じていた幸せとともに掻《か》き消された。

いつか、運命の相手と会って結ばれた時、この日の事を思い出すのだろうか。その時、私はこの恋を懐かしむ事が出来るのだろうか。淡い思い出として、大切に鍵《かぎ》をかけるのだろうか。見えもしない未来を想像して、溢《あふ》れ出しそうになる涙を堪《こら》え、背を追った。

きっと、泉先輩もこんな気持ちだったのだろう。由佳梨ちゃんも、同じように涙を堪えたのだろう。痛みを知ってようやく人と向き合う気になれるなんて、自分勝手もいい所だ。逃げ続けた私への罰だろう。

解《ほど》いて欲しい。この糸を、この運命を解いて欲しい。縁もゆかりもない誰かと出会う前に、ただ感情に身を任せて最低だと言われてもいいから行動したかった。けれど、それが出来ないのは私がまだ幻想を抱いているからだ。

一言も話さないまま家の前まで送られて、一言もお礼をしないまま家に帰った。寝ずに待っていた両親の言葉も聞かず、ベッドに倒れこんだ。我慢し続けた涙はもう枯れてしまったらしい。シーツに染みを作る事なく、瞳《ひとみ》を閉じた。

朝起きると、世界が変わっている事に気付いた。家の中の空気が、重苦しくない。キッチンには母がいて、鼻歌混じりに何かを作っている。父はテレビを見ながら母の鼻歌に乗って、首を左右に傾けていた。

一体何が起きたというのだ。突然変わった空気に驚いた私は、赤くなった目を隠すように二人の横をすり抜けて洗面台に向かう。すると後ろから母が声をかけてきた。

「昨日話そうと思ってたんだけど」

自分の事でいっぱいいっぱいになっていたが、家を飛び出したきっかけは母と見知らぬ男性が話していたからだった事を思い出す。その後の出来事が濃かったから、原因を忘れてしまいそうだった。

「ごめんね」

顔を上げた先、鏡越しの母の表情は晴れやかだった。まるで憑《つ》き物が落ちたような、そんな顔をしていた。意味が分からないと首を傾げた私に、母は話を続けた。

「もう全部終わりにしたから」

何がとは言わなかった。何がとは聞かなかった。その一言だけで、全てが分かってしまったからだ。母は微笑んでその場を去っていく。私はただ、呆《ほう》けたままそこに立っていた。何が正解かは分からない。彼女の運命は間違いなく父ではないけれど、母は父を選んだ。その事実が嬉《うれ》しくもあれば悲しくもあって、小指の糸の意味を、誰かに問いかけたくなった。


泉先輩と別れ、架間先輩と距離が開き、由佳梨ちゃんとも話さなくなった私は本当に一人になった。しかし、心は何故か晴れやかだった。学校に向かう通学路も、いつもより輝いて見えた。

向き合う事から逃げない。正直に生きようと思った。愛想笑いを止めて、言いたい事ははっきり言おうと心に決めた。それだけなのに、心の持ちようが違うのは今まで自分に嘘をついてきたからなのかもしれない。

登校すれば、多くの生徒から注目された。一歩引いて噂をする生徒たちの糸は絡まなかった。多分別れたのが耳に入ったのだろう。事実なので否定する気もなかったが、別れた瞬間に嫉妬《しっと》の対象から外れるというのは笑えるものだった。人間ってやっぱり自分勝手だと思うも、私も同じだと思い心の中で馬鹿にするのを止めた。

教室に入ると、クラスメイトの視線が一斉に向いた。気にせず席に向かえば、昨日私に作業を押し付けた女の子たちが行く手を阻んだ。

「……何」

「ねぇ、泉先輩と別れたって本当？」

「本当だけど」

「へぇー、別れたんだ。釣り合ってなかったしね」

ゲラゲラと高笑いをする姿が醜くて笑えてきてしまった。突然笑った私を見て、彼女たちは驚いて焦り始める。私の愛想笑いは、もうそこにはなかった。

「何笑ってんのよ」

「別れた瞬間に態度変えて、性格悪いなと思ってつい笑っちゃった」

私も相当性格が悪いけどとは言わず、固まった彼女たちの横を素通りして席に着く。スッキリした。コロコロ態度を変えて人の陰口を言う人々に、一度ぎゃふんと言わせたかった。それは叶《かな》ったようで、私にそんな事を言われるとは思っていなかった女の子たちは困惑していた。これで性格が悪いと言われようがもう気にしない。事実を述べただけだ。人の目を気にして、関わる事から逃げてきた私だから、何を言っても言い返さないと思っていたのだろうがそれは大間違いだ。正直に生きる事を決めたのだ。

「ちょっと良い？」

そう話しかけてきた由佳梨ちゃんは一人だった。昼休み、食べ終わったお弁当を片していた時だった。

「いいよ」

先輩と別れたからなのだろう。話しかけてきた彼女に、お前もかとは言いたくなったが、私も話さなくてはいけない事があった。立ち上がった由佳梨ちゃんについていくとその足は会議室に向かっていた。誰にも聞かれたくないのかもしれない。会議室の扉が彼女の手によって開かれ、私の手で閉められた。向き合って顔を合わせるのは久し振りだった。

「……ずっと無視しててごめんね」

「先輩と別れたから言いに来たの？」

「そうじゃ、いや、それもあるかな」

それもそうだろう。由佳梨ちゃんは泉先輩の事が好きだったのだ。それを私は奪い取った。彼女の気持ちを知りながら奪った。

「でも、怒ってた理由は泉先輩と付き合ったからじゃないの」

「え？」

「泉先輩がつむぎちゃんの事好きだったのは悲しかったよ。でも、私が本当に悲しかったのは、つむぎちゃんが何も言ってくれなかった事」

「私が？」

彼女が下を向いた。皺《しわ》が出来るくらいスカートを握りしめて言葉を紡ぐ。

「あの時、つむぎちゃんが泣いてた理由すら分からないままこうなっちゃったの、凄《すご》い後悔した」

ずっと、信用も信頼もしなかった。それがここに繋《つな》がったのだ。

「……ごめんね」

「つむぎちゃんが言うの？」

「私由佳梨ちゃんの事、信用も信頼もしてなかった」

「え……」

「泉先輩、泉先輩って言って、そればっかりで。恋愛の事しか脳にないと思ってた」

「つむぎちゃん、結構酷《ひど》いね……」

「でも、向き合わなかったのは私のせいだった」

私は前を向いた。言わなくちゃいけない。たとえ信じてもらえなかったとしても、言わないままで信じてもらえないと嘆くのは間違いだ。

「信じてもらえないと思うんだけど」

左手を上げて小指を指差した。

「運命の紅《あか》い糸が見えるの」

「紅い糸……？」

「そう。全ての人の小指に必ず存在する。子供の頃から見えてたの」

彼女は自分の小指をまじまじと見つめた。見えるはずもないのに見つめ続けている。

「その糸が見えてるから、人と仲良くなり過ぎないようにしてたの。人の運命を変えたくないし、何より目立つ事で糸が絡まって私が苦しい思いをするのが嫌だった」

信じてもらえなくてもいい。ただ、伝える事に意味があると思ったのだ。向き合う事から逃げ続けた私が伝えなかった真実を、彼女には伝えなくてはいけないと思った。

「でもそれを理由にして向き合う事から逃げ続けたの。由佳梨ちゃんに対しても、ずっと向き合って来なかった」

頭を下げた。視線の先に、彼女の上履きが目に入った。

「ごめんなさい」

それは今まで起きた全ての事柄に対してだった。

「信じてくれなくていい。これが私の隠してた事」

どう転ぶかは分からず私は目を閉じる。それでも向き合えた事は私の心を軽くした。

「顔上げて」

その言葉に反応して顔を上げる。彼女はポロポロと涙を流していた。

「え……」

「ごめんね、ごめんねぇ」

顔を覆って子供のように泣きじゃくる彼女に、今度は私が困惑する番だった。

「私何も聞かずにつむぎちゃんの事無視して、変なプライドが邪魔して謝れなかったの。

言いたくなかった事なのに、言ってくれてありがとう」

「……信じるの？」

「信じるよぉ、嘘ついてないでしょ？」

「ないけど……」

驚きの展開に私は気が抜けて肩の荷が下りた感覚がした。彼女は正直で素直だと思っていたが、まさか信じてくれるとは思わなかった。

「それにつむぎちゃんが本当に好きなのは、架間先輩だって分かってたし」

「……何で知ってるの」

「分かるよ、だって友達だもん！」

涙を手の甲で拭《ぬぐ》いながら私に抱き着いてくる彼女を受け止めて、私は思わず笑ってしまった。何だ、思っていたよりも簡単だった。正直に話せば、全てが上手《うま》くいった。全部、私が向き合って来なかっただけだった。

「仲直り？」

「そうだね」

顔を合わせて笑い合う。そして私は皮肉を言った。

「クラスメイトの無視する指示、解除してくれない？」

「？　私じゃないよ？」

「え、他に誰がいるの？」

「芳賀先輩。運動部の子とかに声かけまくってつむぎちゃんのありもしない噂流してたの」

「……納得」

最後に見た芳賀先輩の得意げな表情を思い出して、額に青筋が浮かんだ気がした。

「でも芳賀先輩も架間先輩に振られたから、ざまあみろって感じだけどね」

「え？　振られたの？」

「一週間くらい前かな。芳賀先輩が私に愚痴ってきたから」

昨日会った先輩にはもう、恋人がいなかったのか。それを考えると何とも言えない気分になった。

「私芳賀先輩にぎゃふんと言わせたいんだけど」

「好戦的だねつむぎちゃん……」

「ちょっとやられっぱなしだと腹が立って」

今度会った時に文句でも言ってやろうと心に誓った時、予鈴が鳴り響いて私たちに時間を教えた。急いで会議室を後にして階段を駆けていく。そこに、迷いはもうなかった。

「つむぎちゃんさあ」

教室前の廊下を走っている時だった。彼女が足を止めたのは。私は立ち止まって振り返る。その表情は嬉《うれ》しそうだった。

「そっちの方がいいね、正直で」

いつかの、先輩の言葉を思い出した。私が本音で話しても、きっと受け入れてくれる人がいるという話だった。その頃の私は、そんな訳がないと返事をしたが、彼はそれを信じて疑わなかった。けれど今、愛《いと》しい人と同じ言葉を言った友人を見て、切なくなると同時に口角が上がるのが分かった。

「でしょ？」

私の世界は思っている以上に、貴方《あなた》が教えてくれた事で出来ていると言えたなら良かった。それが悔しくて、悲しくて、切なくて、それでも喜びと希望を抱くあたり、私はまだ彼の事が好きで仕方がないのだろう。

それからというもの、私の日常は平和になった。誤解も解け、無視される事もなくなった。由佳梨ちゃんが誤解だと周りに教えてくれたからだ。しかし、泉先輩が好きで私を無視していた人たちは、別れた後にいい顔をして声をかけてきたが、それを無視し返したのは小さな復讐心《ふくしゅうしん》からだ。文化祭の準備も着々と進んでいき、架間先輩にも泉先輩にも会わないまま当日になった。

「行ってきます」

「行ってらっしゃい」

母の返事が返ってきて、玄関先で微笑んだ。扉を開いた瞬間、秋風が吹いて玄関の靴箱の上に置かれていた写真が揺れた。外に出て歩き始める。家の前の道を銀杏《いちょう》並木が鮮やかに色づけた。

あの日から変わった事がある。あの日、母が浮気相手と一緒にいた理由を教えて貰《もら》ってから、家族の関係性が変わった。母は浮気相手に別れを告げるため話をしていたらしい。運命の相手だったはずなのに、別れを告げた母に、安堵《あんど》はしたものの理解は出来なかった。母の幸せを思うなら、浮気相手を選ぶ方が良かったのだ。しかし、母はそうしなかった。

「運命の相手だったかもしれない」

そう言った私に母は微笑んだ。

「運命じゃなくてもこの人と一緒にいたいと思ったのよ。たとえ運命の相手がこの世にいたとしても、幸せになれるかは別問題でしょ」

母の顔は晴れやかで、心なしか父も笑っているような気がした。それ以来家の雰囲気は重苦しいものではなくなった。言葉にはしないが、父も母の事を許しているようだった。

何だかいい波に乗っている気分だった。向き合うようになったからなのかは分からないが、今まで悩んでいた事が無くなって心は晴れやかだった。

変わらぬ通学路を通り、壊れそうな踏切が上がるのを待った。学校に着けば、文化祭独特の空気感が心を高ぶらせた。晴れやかな看板、騒がしい校舎内、いつもと違う格好の生徒たちが目に入った。教室の中は既に段ボールの迷宮が完成されていて、教卓前の狭い空間にクラスメイトが点呼を取るために集まる。お化け役の生徒は既に着替えを終えていて、口元に血糊《ちのり》を付けていたが、明るい空間で見るその姿は子供しか騙《だま》せないような姿だった。

「おはようつむぎちゃん」

目元と口元に血糊を付けた由佳梨ちゃんが窓際から走って来る。ホラー映画で有名な女性の霊の姿だった。

「どう？　怖い？」

「あんまり。明るい所で見ると迫力に欠ける」

「ええ⁉　頑張ったのに！」

手鏡を開いて自分の顔をまじまじと見つめ、乱れた髪を整える姿は幽霊でも何でもなかった。

「当番終わったら一緒に回ろうね」

「いいよ」

裏方仕事をしていた私に当日の予定は入っていなかった。由佳梨ちゃんの当番が終わるまで暇をつぶさなくてはいけない。しかし、つぶす当てもなくどうしようかと思っていた。何とかなるだろう。ずっと学校にいなくてはいけないという縛りもない。幸い、私は制服姿でメイクもしていないので、いくらでも外に出られる。彼女は今日一日中校内だろう。外に出たら不審者に間違えられる事間違いなしだ。

「お前ら、集まってるかー⁉」

気合充分の菱川先生が扉から入って来る。もう少しで文化祭の始まりだ。そう思っていたその時だった。

ブレザーのポケットが震えた。携帯電話に何か連絡が入ったようだ。いじっているのを見られたら怒られるので、由佳梨ちゃんを盾にして確認する。

連絡してきた相手は泉先輩だった。別れて以来連絡を取り合う事は無かったので驚いてしまうが、その内容に私は目を見開いた。

「架間先輩が来てない？」

「どうしたの？　つむぎちゃん」

「今、泉先輩から連絡があって。架間先輩が来てないから見かけなかったかって」

「そうなの？　私は見てないよ」

「私も見てない」

見てないです、と返せばすぐに返事が来る。どうやら連絡が取れないらしい。私なら知っているかもしれないと思ったと書いてあるが、私が彼の行方を知るわけがない。

「連絡つかないってやばくない？　架間先輩も出し物の当番とか入ってるんでしょ？」

「多分。どこ行ったんだろう」

声を抑えて会話をする。先生の言葉なんて私たちには一つも入って来なかった。

「連絡してみるのは？　って気まずいか」

「いや、気まずいは気まずいけどさ。今？　私が？」

「多分つむぎちゃんなら出るんじゃないかなって」

「どんな理屈よ……」

　そう言いながらも、勇気を振り絞って電話をかける。待機中の音が出て焦ったが、先生の大声で掻《か》き消されてしまった。普段はうるさい事この上ないが、こういう時だけは感謝してしまう。多分、繋《つな》がらないだろう。私の電話に出るわけがない。だからどこか安堵していた。絶対に出ないだろうから、かけるだけ無駄だと思っていたのだ。しかし、数コールの待機音が鳴った後、電話が繋がった。由佳梨ちゃんと目を合わせて携帯電話を耳に当てる。口元を手で覆い、小さく声を出した。

「先輩何してるんですか」

　なるべく、何もなかったように振舞ったが、きっと声は震えていただろう。久し振りに聞く先輩の声は、記憶に残っているものよりもずっと低く感じた。

『……何って』

「泉先輩が連絡つかないって困ってますよ、わざわざ私にまで聞いてきたくらいです」

『……』

「先輩？　聞いてます？」

　声が聞こえなくなった代わりに、耳に押し当てた通話口からは風の音が聞こえた。木々のざわめきは朝銀杏並木を通った時のようだった。そして、踏切の音が鳴り響き、電車が通過する音が聞こえた。

『ごめん』

「何がですか?」

聞き返した瞬間ブチっと電話が切れた。ツーツーと耳に入る音が聞こえ、諦《あきら》めて耳からそれを離す。どうだった? と聞いてきた由佳梨ちゃんに首を横に振った。何も解決しなかった。確かに繋がったが、これでは意味がない。風邪や体調不良でもなさそうだった。きっとお得意のサボりかもしれない。彼はいつだって適当だ。

しかし、理由もなく役目を放棄するような人だったか。そんな事なかったはずだ。適当でも、不真面目でも、決められた役目は投げ出さなかった。何かがおかしい。胸騒ぎが止まらない。胸の辺りを押さえて真っ暗になった画面を見つめた。クラスメイトが準備を始める様子を見て、先生の話が終わっていたのだと気づく。振り返った彼女が心配そうにこちらを見ていた。

「心配?」

私の両手を包んだ由佳梨ちゃんが優しく問いかけてくる。その時に初めて、自分の手が震えている事に気付いた。これは勘だ。確証なんて何一つない。ただ、この胸が騒いでしまうだけで何も問題はないのかもしれない。けれど、今すぐ飛び出したいのはどうしてだろう。

「行ってきなよ」

不意に彼女が私の手を引いて扉へ導いた。微笑みながら手を離して、私の背を軽く押した。開いた扉から廊下に一歩踏み出した私の目に入ってきたのは光だった。驚いて振り向けば、由佳梨ちゃんは扉の向こう側で手を振っている。

「心配なんでしょ？」

「そう、だけど……」

「好きなんでしょ？」

目の前でお化けの格好のまま微笑む姿は少し怖かった。真っ暗な教室とは正反対に廊下は陽の光で包まれている。一歩分、されど世界は変わっていた。

「好きなら、理由もなく心配になるよ。不安になるよ。会いたくなるよ」

「……でも、私が行っても意味ないよ」

「違うよ。意味がないとかそんなんじゃなくて、つむぎちゃんが行きたいか、自分の意思で決めていいんだよ」

「私の意思……」

足の向きを変えた。携帯電話を握り締めた。それだけだった。けれど、彼女には私の意思が伝わったらしい。嬉《うれ》しそうに微笑んで、行ってらっしゃいと言葉が紡がれた瞬間に走り出した。文化祭の準備で忙しく騒がしい生徒の波を抜け、ぶつかりそうになりながらも階段を駆け下りて一人だけ校門に向かって走る。息が上がって肺が痛む。それでも足を止める事は出来なかった。

何度でも思う。言葉はいつだって冗長だ。けれど、口に出さなければ自分の意思を伝える事なんて出来ない。それを充分理解しているつもりだった。しかし、何も分かっていなかった。言わなければ、何も伝わらないのだ。

本当は運命なんてどうでもいいと言いたかった。先輩の隠している事を教えて欲しかった。どうしてあの場にいたのか、助けてくれたのか、離れてしまったのか、教えてくれないだろうと勝手に決めつけて聞く事をしなかった。いくらでも聞けるタイミングはあったはずなのに、聞かなかったのは私の怠慢だ。

聞きたい事が沢山ある。それだけのために走り続けた。先輩の行きそうな所を予想して、信号が止まる度に深呼吸をして込み上げる涙を堪《こら》えた。どこに行けばいいのか分からない。かけ続けている電話は一度も繋がらない。でも、何故か見つける自信があった。見つけなくてはいけないと思っているからなのかもしれない。けれどこの心には確証があった。

通学路を反対に走って行く。曲がり角を曲がって視界が開けた先に踏切が見えて電話の最中《さなか》に電車の音が聞こえたのを思い出した。距離は約三百メートルほどだろうか。踏切の真ん中で制服を着た男性が後ろを向いて立ち尽くしている。声をかけようとしたその時、強い風が吹いて紅葉が舞い散り、視界を赤く染めた。霞《かす》む視界に目を細めながらも、舞い散る紅葉の向こう側に立つ人物を見た。その人はゆっくりと振り向いてこちらを見た。

「……先輩？」

それは探していた人だった。眉《まゆ》を下げて、微笑んで、ただこちらを見ていた。

「何してるんですか、先輩」

紅葉を手で振り払い駆け寄ろうと歩き出したその時だった。踏切の閉まる音が道に鳴り響いた。

「離れてください先輩!!」

急いで近づいても彼は動かない。ただこちらを見て微笑むだけだった。私は焦ってその名を呼び続けた。しかし、遮断機はゆっくりと閉まっていく。

「早く出て！　架間先輩!!」

周りを見渡して誰かに助けを求めようとしても、ただでさえ人通りの少ないこの場所に人影なんて存在しなかった。電車の音が近づいてくる。何とかしてそこから出そうと手を伸ばすも、その手が届く距離に私はいない。走っても走っても、この手は届かない。視界の先、線路の奥に小さく電車が見えて足を早める。壊れかけの遮断機がカタカタと音を立て、電車の風圧が地面に落ちた紅葉を再び舞い上げた。視界には、吹き上がる紅葉、伸ばされた手、そして微笑む先輩の頬に一筋の涙が伝った。

駄目だ。嫌だ。

届け、届けと心の中で叫ぶ。必死に足を動かして、手を伸ばし続けても届かないなんて嘘だ。今この手が届かないと、きっと生涯後悔し続ける。

伸ばした左手に願いを込め続けた。一生のお願いだ。いもしない神様に泣きながら願った。どうか、この手が届いて欲しい。この先の彼の人生を紡いでほしい。私はどうなっても構わない。彼の代わりに死んだって構わない。だから、どうか。

これが終わりだなんて言わないでくれ。

頰に熱が伝った。髪が後ろに靡《なび》いた。紅葉が視界を遮った。伸ばされた左手の小指から、紅《あか》い糸が伸びていく。糸は紅葉の隙間を伸びて一直線に彼の小指に結ばれた。まるで憑《と》りつかれたように、伸ばした手を思いっきり引っ張る。糸が指先に絡まって、彼の身体がこちらに傾いた。そのまま遮断機に当たって遮断機が壊れ、線路外に投げ出される。その瞬間、電車が猛スピードで前を横切った。風により額が露《あらわ》になる。そして電車がいなくなった時、目の前には壊れた遮断機と尻餅《しりもち》をついて驚いた顔でこちらを見る先輩、そして伸びていたはずの糸が無くなった私の左手があった。小指にあったはずの糸は元に戻っていて先が見えない。彼の小指にも存在しなかった。見間違いだったのかもしれない。紅葉が舞っていたから、そう見えただけなのかもしれない。

たった数秒の出来事だった。しかし、一瞬のようでとても長い時間に思えた。足元で紅葉を踏んだ音が聞こえ、私の意識は現実に戻る。先輩の胸倉を摑《つか》み、その額に向かって自分の頭を思いっきりぶつけた。

「痛っ‼」

衝撃が脳に走りグラグラした。目頭が熱いのはこの痛みのせいではない。

つい数十秒前、目の前で大切な人の命を失いそうになった。胸倉を掴む手が震える。食いしばった歯を緩めて、震える唇を大きく開いた。

「ばっかじゃないんですか⁉」

叫び声は誰もいない道に響き渡った。彼は呆《ほう》けた顔でこちらを見ていて、それがさらに私を苛立《いらだ》たせた。

「何であんな所にいたんですか？　何で死のうとしたんですか？　何で笑ったんですか？」

返答など聞きたくもない。質問攻めをした私の頬に、再び熱が伝ったのに気付いた。顎《あご》を伝って、先輩の頬に雨のように降り注いだ。

「……どうして、いつも大事な事は教えてくれないんですか？」

彼の瞳《ひとみ》の中に映った私の表情が歪《ゆが》んだ。止まらない涙を堪えるように眉間《みけん》に皴《しわ》を寄せている。大事な事を教えてくれないなんて、私が聞かなかっただけだ。けれど、今だけはそれを言わせて欲しかった。何も言わず消えてしまいそうだった人に、死なせない理由を作りたかった。

何を思っていたのか分からない。自殺するまで、思い詰めていた事があったのも知らない。何も分からないのだ。だから教えて欲しい。その口で、その瞳で、隠している何かをさらけ出して欲しい。

彼の手が私の頬に伸びた。ゆっくりと涙を拭《ぬぐ》うその手を掴んで力いっぱいに引っ張る。

呻《うめ》き声を上げ立ち上がった彼をもうどこにも行かせたくなくて、離すまいと、持てる最大限の力を使って摑んだ。

「瀬戸どこ行くの？」

歩き出した私の後ろで焦る彼の方を振り向く事はしなかった。

「行くんです」

「だからどこに？」

「学校に決まってんでしょ、頭沸いてんじゃないですか」

駄目だ。腹が立ちすぎて口が悪くなっている。しかし、それを言っていいほどの事を彼はしたのだ。心配しているから怒っていると、この人は気づいているのだろうか。

このまま教室に戻って彼を泉先輩の元に渡すのは気が引けた。私はまだ何も聞いていない。自殺未遂をした人をそのまま戻せばろくな事が起きないのは明白だった。考えた末、一ヶ所だけ人が現れない場所を思いつき、そこに向かうべく足を早めた。何かを言う彼を全て無視して、ただ目的の場所に急ぐ。心臓はまだ、痛いくらいどくどくと鼓動を鳴らしていた。

重苦しい扉を開けて、先輩をその扉の先に放り出す。そして後ろ手で扉を閉めた。校舎内は騒がしいが、ここだけは静寂が支配していた。階下では生徒たちが文化祭を楽しんでいる姿が見えた。

「……何で屋上？」

深い溜息を吐いてこちらを見た先輩を睨《にら》みつけた。効果がないのも分かっている。けれど、この怒りを表現しないわけにはいかなかった。

「一回しか聞かないので答えて下さい」

「……拒否したら？」

「言うまでここから出さないです」

屋上の鍵《かぎ》は外側と内側、両方に付けられていた。カチャリとわざとらしく音を立て、鍵が閉まった事を知らせる。先輩はお手上げだと両手を上げ、何？と聞いてきた。聞きたい事は沢山ある。どれから聞けばいいのか迷うくらいだ。けれど、一番に聞かなくてはいけない言葉を、唇は紡いだ。

「何隠してるんですか？」

核心だった。それが何かは分からない、けれど彼は確実に何かを隠している。私の予想は見事的中し、先輩は顔を曇らせた。

「おかしいと思ってました」

どうしてあの場所に、どうして助けてくれたのか、どうしてあんな事をしたのか。その全てがこの隠し事に繋《つな》がっていると思った。だっておかしいじゃないか。どれだけ察しが良かったとしても、私の考えを当てられるわけがない。見越して先回りなんて出来ない。紅い糸の話を信じるほど、純真な人間でない事も知っている。更に言うなら、それだけ察しが良いのであれば、芳賀先輩の恋心だって分かっていたはずだ。敢《あ》えて知らぬ振りをしたのかは分からない。その後付き合ったから、恋心があったのかもしれない。憶測でしか物は言えない。

だが、確実に一つだけおかしいと思うのが、あの植木鉢の一件だ。彼は見越していたようだった。上から落ちてくる植木鉢にどうやって気付いたのか分からないのだ。手を引かれた時、先輩は上を見ていなかった。上を見ずにどうやって分かったというのだ。

「先輩、答えて下さい」

答えるまでここからは出さないつもりだ。静寂のせいで喧騒《けんそう》が更に大きく感じる。ふと、彼の背後に青い空が見えた。その空に赤い風船が一つだけ飛んでいく。

「言葉だけでは伝わらないものがあります。でも、今は違う」

風船はどんどん小さくなっていく。ゆらゆら揺らめいて消えるまでそれを見続けた。

「口にしなきゃ分からないんです。私には先輩の心なんて分からない。読めないんです。だから、言葉にするしか考えは伝わらない」

彼は大きく溜息《ためいき》を吐いて頭を乱暴に掻《か》いた。そして、ポケットから何かを取り出した。その手の中には紅い糸があった。けれど、私が知っている物とは違う。色はくすんでいて解《ほつ》れてしまっている。よれていて汚い。小指に結ばれた糸はもっと綺《き》麗《れい》だったはずだ。

「これが俺の糸」

「……は？」

「俺の運命」

紅い糸が形になっている。私以外の人間に見えて、その手に握られている。どうして、口を開く前に彼の言葉が耳に届いて声は音にならず喉《のど》を震わせた。

「未来が見えるんだ」

「……え？」

風船が消えた。雲が動いて太陽を隠し彼の顔に影を落とした。

「瀬戸に紅い糸が見えるように、俺の目にも未来が見えるんだよ」

紡がれた言葉に嘘は見えなかった。信じられるわけがない。けれど、この指に結ばれた糸が、それを否定した。

「子供の頃から、自分に関わる予知夢を見てた。最初はただの夢だと思ってた。けれど何度も同じ事が重なって、真実だと信じるのに時間はかからなかった」

ボロボロになった糸を握り締めて下を向く。私はただ、そんな彼を見つめる事しか出来なかった。

「周りからは信じてもらえなかったよ。でも、俺の言った事が真実になると、気持ち悪いって距離を置かれて一人になった」

どこかで聞き覚えのある話だった。全く同じ状況を、私自身が味わっている。

「部活も勉強もさ、全部全部先が見えてるからつまんなくて。試合結果は見えるし、テストの答案だって見える。毎回満点取るのはさすがに怪しまれるから、わざと外して人並みレベルにしてた。何一つ、楽しいと思える事なんてなかったよ」

自嘲《じちょう》気味の笑いに、自分の左手をギュッと握り締めた。聞きたくなかった。自分と似たような道を歩んできた彼の話が重なってしまって苦しくなる。けれど、最後まで聞かないと、私は何も変えられない。

「そんな時間を過ごしてたある日、ある夢を見た」

手元の紅い糸を見て僅《わず》かに微笑んだ顔に、強い想いが込められているのに気づく。

「そいつは周りに合わせて生きていて、愛想笑いが上手で、でもいつも寂しそうだった。本当は誰よりも正直で、口が悪くて、笑顔が可愛いのに、全部全部隠してた」

見知らぬ誰かを思い出して微笑む彼から目が離せなかった。思い出話をするように、彼は話を続けた。

「そいつは毎日俺の夢に出てきては、笑ったり泣いたりを繰り返してた。照れたり、腹を立てたり、俺の前でだけは表情を変えた。紅い糸が見えるって意味の分からない話は、俺の予知夢みたいで親近感が湧いた。会った事もない、現実になるかも分からない女の子を見て恋をしたんだ」

そして、私を見た。

「そして四月。予知夢は現実になって俺の前に現れた」

指を差した。

「お前だよ、瀬戸」

「……私？」

声が震えた。鼓膜に届いた声を確かめるように脳内で何度も繰り返す。

「四月、入学式。ぶつかった瀬戸が俺の運命の相手だったんだ」

悲し気に笑う彼に、喜ぶ気になれない私がいる。

「あの日、瀬戸に初めて会った時は驚いたよ。予知夢が現実になる事は分かってたけど、まさかそれが運命の相手だとは分からなかった」

自分の服の袖《そで》を指差す彼、そこには金色のボタンがついていた。

「ぶつかった後、ここに紅い糸が絡まってた。多分接触した時に切れたんだと思う。俺はこの糸を捨てようと思ったけど、夢の中でお前が言った糸を思い出して、捨てられずにずっとポケットに入れ続けた」

だからいつもポケットに手を入れていたのだ。糸があるかを確認していたのだ。

「瀬戸と会ってからは衝撃の連続だった。思ったよりも頑固で、怒ると口が出て、言い負かされると手が出る。夢の中では知れない事ばかりで、瀬戸といる時が今までの人生の中で一番楽しかったんだ」

煽《あお》るような口調も、いつも口角を上げているのも、最後には楽しそうに笑うのも、全部私と一緒にいたからだったのを、ここで初めて知った。

「だからずっと一緒にいたいって思った。瀬戸とくだらないやり取りをしながら、時間を一緒に過ごしたいと思ってた。体育祭の時に倒れて、紅い糸の話をされるのだって見えてた。だから信じたんだよ」

　小指の糸が揺れた気がした。

「俺の糸がないって聞いた時、内心本当に焦った。だってポケットに入れていたそれが、俺たちの運命だとは思わなかったんだ。解《ほど》けたら人が死んでしまうかもしれないと言った瀬戸に、俺らの糸が繋がってないなんて言えなかった」

「……戻そうとはしなかったんですか」

「しなかった。だってどうなるか分からなかったから」

　この糸の先が見えなかったのは運命の相手に出会えてなかったからではない。繋がっていなかったのだ。私が熱望した運命の相手は、この糸の先にいなかった。

「でも、ある日瀬戸の死ぬ未来が見え始めた」

　死という一文字が、鈍器で殴られたように脳に直接響いた。

「どれだけ回避しても別の方法で瀬戸は必ず死ぬんだ。夢の中で何度も何度も瀬戸は死んだ。あの植木鉢だって理由の一つだった」

　だから見えてもないのに手を引っ張ったのだ。

「そしてあの植木鉢を落とした奴が芳賀だって事も気付いてた。事故だったけど」

「事故……？」

「植木鉢を持ってたのは芳賀だったけど、後ろからふざけた男子に押されて落としたんだよ。落とした事に罪悪感は感じてたみたいだけど、でもまあ、事故とはいえあいつがやった事に変わりない」

だから雨の中私に怒ったのだ。誰かが故意にやったかもしれないのに、危機感が足りないと言った。それは私に対しての言葉でもあり、自分自身に言い聞かせた言葉でもあったのだと今更になって気づく。

「瀬戸の死の原因に俺が関わっていると知ってから、どうにかして瀬戸と離れようと思った。好きでもない芳賀と付き合う事によって命を救えるならそれでいいと思った」

「……そんなのって」

「そして縁樹が瀬戸の事を好きだと言ったから、俺は瀬戸の事を縁樹に任せようと思った。俺が隣にいる事で死が近づくなら、他の誰かが隣にいればいいと思ったよ。めちゃくちゃ腹立ったけどね」

「先輩……」

「芳賀と付き合っても一瞬で別れたんだけどね。こっちを向いてないって言われて。当然っちゃあ当然」

手をひらひらさせながら、先輩は話を続けた。

「でも瀬戸に告白された時には別れてた」

「じゃあ何で……」

「縁樹の事もあったよ。でも一番は、運命の相手と結ばれる事に固執していた瀬戸に腹が立ったから」

「固執って……」

「だってそうじゃん。瀬戸が恋してたのはいつか自分を幸せにしてくれる運命の相手であって、隣にいる事で死を呼ぶ運命の相手じゃない。運命が絶対に幸せになるとは限らないでしょ」

私の知らない所で、私のために動き続けた人がいた事を知った時、その優しさが痛くて辛《つら》くて仕方がなかった。

「俺が離れても瀬戸の死は絶対に消えなかった。そして、一つの夢以外見なくなった」

目の下の隈《くま》の理由が、自分が原因だった事をここでようやく知るなんて無力もいい所だ。

「瀬戸が俺を庇《かば》って電車に轢《ひ》かれて死ぬ夢」

先程の自殺未遂を思い出した。同じように死のうとした彼を思い返して、辿《たど》り着いた結論に私は顔を歪《ゆが》めた。

「身代わりになろうとしたんですか……？」

頷《うなず》かれた首に、身体中の力が抜けるのが分かった。その場にへたり込めば、冷たいコンクリートが身体の熱を奪っていく。

「俺が死ぬ原因になるなら、俺が死ねば瀬戸は生きられるんじゃないかって思って」

「……そんなの、間違ってます」

「だよね、俺もそう思う」

「極論です。ゼロか百しかないんですか」

「でも冷静な判断はもう出来なかった」

「馬鹿じゃないんですか……」

本日何度目かも分からない涙が地面に落ちていった。馬鹿みたいだ。私も彼も、酷《ひど》い頭の悪さだ。自殺未遂が私のせいだったなんて、ここまで想われている事に気付かないまま先輩の意思も分からず勘違いし続けた。本当はずっと、想われていたというのに。

優しい声で名前を呼ばれて、差し出された手を見た。

馬鹿だ。浅はかで傲慢《ごうまん》で自己中心的で、酷い人間だ。自己犠牲の先に何かが生まれるわけがない。しかし私の命は彼の自己犠牲により延ばされていただけだった。

差し出された手を勢いよく払った。自分の力で立ち上がり、手摺《てすり》に向かって歩く。先程まで太陽を隠していた雲はどこかに消え、空は良く晴れた秋晴れだった。天を仰いで唾《つば》を飲み込み、勢いよく自分の小指を引っ張った。正確には、自分の小指に結ばれていた紅い糸を引っ張り解く。解いた瞬間、それが現実世界に生み出された感覚がした。

「瀬戸？　何してんの!?」

慌てる彼をよそに、手を離しその糸を屋上から落とした。ゆらりと落ちていき人混みの中に消えた糸は、もう私を縛るものでは無くなった。

本当はもう分かっていた。糸が見えようと見えていなかろうと、運命なんてただの絵空事でしかない事を。紅い糸が結ばれている運命の相手と絶対に幸せな結末を送れるとは限らない。私はただ、この糸に踊らされていただけだった。

振り返った先、入れ替わった立ち位置、君の目が見開かれた。

どんなに言葉があったとしても、相手の思いを理解する方法など見つからないだろう。けれど、言葉一つ伝えられずに、想いや考え、意思を届ける方法などないのだ。写真にしないと姿が残らないように、文字にしないと想いが残らないように、口にしないと相手に届くわけがない。

「私、色々考えたんです」

一歩ずつ君に近づく。視線は交わったままだ。

「運命は人を絶対に幸せにするのか」

母の事を思い出した。今、彼女の表情は晴れやかだ。心揺さぶられるような感情は、もうそこにはないのかもしれない。けれど彼女は幸せそうだった。

「答えはノー。先輩が言ったように必ず幸せな結末なんてないんです。私はただ、心の拠《よ》り所が欲しかっただけだった」

沢山回り道をした。沢山の人を巻き込んで、大切な人を傷つけた。それはきっと、この先も変わらないだろう。

「先輩が運命の相手でなかったとしても好きという気持ちは変わらないんです」

もうずっと前から分かっていた。その指に糸がない事を理由に、先輩を見ようとはしなかった。それなのに、心の中はずっと君の事でいっぱいだった。

「話さなくなって知ったんです。私の世界は思っている以上に貴方《あなた》が教えてくれた事で出来ているって。くだらないやり取りも、優しい一言も、注がれた愛情も、全部架間先輩が教えてくれた事ばっかりだった」

運命がなんだ。未来がなんだ。私はただ、今を生きたい。後悔せず、今抱いているこの感情に従って足を動かしたい。

「これから先、きっと幸せな事ばかりじゃない。死がついて回るかもしれない。けどそれって、普通の人も同じなんです。楽しい事ばかりじゃないし、喧嘩《けんか》をして涙を流す時だってある。必ず終わりは訪れる。それが早いか遅いかは分からないけれど、人間なんていつ死ぬか分からない」

全ての生命に等しく存在するものが死だ。これだけは誰も避けられない。けれど。息を吸った。その手に握られた糸を取り、自分の小指に結び付けた。ボロボロで汚い糸は、確かに私の運命だった。私を縛り付ける鎖だった。でも、これからは違う。私が選んで結ぶ、この先を紡ぐ糸だ。

「それでも貴方と一緒にいたいです」

視界が潤んで、どうしようもないくらい込み上げる愛《いと》おしさを抱きしめて微笑んだ。

「解人先輩」

初めて、君の名前を呼んだ。先輩は涙を溜《た》めてただ真っ直ぐ私を見ていた。

「この後の未来が見えますか？」

　君が未来を見る事が出来るのは夢の中でだけだと分かっていてこの言葉を口にした。もしかしたら、この後、また先を見るかもしれない。私が死ぬ未来を見るかもしれない。けれど、眠る前の今だけはその瞳《ひとみ》に未来は映らない。

最後に一言、意地悪をしてやりたかったのだ。私の意図を読み取った君は腹を抱えて笑い出した。そして、私の小指に結ばれた糸を手に取った。

「見えるよ」

「寝てもないのに？」

　もしかしたら、もう私が死ぬ未来を見ているかもしれない。けれど先程の反応で、それはないと踏んだ。もし見えていたら、あんな風に笑う事はないだろう。

　この答えは、私たちにとって必要な一歩だった。君は自分の小指に糸の切れ端を結ぶ。蝶々《ちょうちょう》結びでもない、きつく結ばれた固結びだった。そして、私の顔を見ていつもの腹立つ笑みを浮かべ、腕を大きく広げたのだ。

「今から俺が好きだって伝えて、つむぎが笑い泣きして抱きしめ合ってキスする所まで」

「それ叶《かな》えてあげます」

　言葉が耳に届いた瞬間、広げた腕の中に飛び込んだ。これだから恋は好きになれない。だって悲しくもないのに涙が溢《あふ》れて止まらないから。嬉《うれ》しくて堪《たま》らなくて頬が緩むのに、涙はとめどなく流れるのは全部恋のせいだ。私を抱えた君はぐるぐると回ってその場に倒れ込む。衝撃で押し倒す形になってしまった私は、頬に伸ばされた手を包み込んで、近づく唇に目を閉じ、その時を待った。しかし、待てど唇には何の感触もなく、不思議に思って目を開けた先にはしたり顔の君がいた。思わずその頰を捻《ひね》れば、痛いと文句を言った君に、こちらから唇を押し付ける。驚いて固まる君を見て、私はこう言ってやったのだ。

「予知は外れた?」

未来を紡ぐ僕たち

運命を信じるだろうか。人は運命という言葉が好きだ。運命の相手なんて知りもしないのに、いつか目の前に現れて幸せになる未来を信じている。小指から伸びた紅《あか》い糸が、どこかの誰かと繫《つな》がっているなんて、笑い話もいい所だ。けれど、運命は存在する。人の左手小指に結ばれた紅い糸は、確かに誰かと誰かを結ぶ存在だ。

しかし、あくまで運命は運命だ。結ばれても幸せな結末を送れるとは限らない。人はぶつかり合う生き物だから、傷つかない恋はこの世界のどこにも存在しない。

運命を信じている。正しくは、これから私たちが紡ぐ未来を信じている。いつか紅い糸のその先で、君と運命だったと言って笑える日が来るまで、この先の未来を信じている。傷つく事もぶつかり合う事も、全ては二人で乗り越えるためのものだったと言おう。大人になって死の間際、ほら運命だったでしょうと笑う日が来るかはまだ分からない。

全てはこれから私たちが変えられる事ばかりだ。

早咲きの桜が屋上から見えた。まだ寒い三月の気温に身体を震わせて赤いマフラーに顔を埋《うず》める。コンクリートの地面に足を抱えた状態で座り、腕時計で時間を見た。遅い。約束の時間は既に過ぎている。しかし、高校生活最後の時間を邪魔する面倒な女ではないので、大人しく待つ事にした。現れた時に、一言文句でも言ってやろうと考えていれば、ポケットの中で携帯電話が震えた。待っている張本人からかと思えば、画面に映るのは友人からのメッセージだった。

「今から、泉先輩の第二ボタンを勝ち取って来るって……相変わらずテンプレ」

その後に、出来たら告白すると気合充分なメッセージが来ていて、思わず苦笑してしまった。相変わらず泉先輩が好きで仕方ない彼女の恋が、一日でも早く成就すればいいと思う。いつか結ばれるかもしれない運命より、自分自身の手で摑《つか》む幸せの方がずっと嬉しいはずだ。

頑張れと一言だけ送ってそれをポケットに戻す。伸びをしながら景色を見れば、風が吹く度に揺れる桜の木が、薄水色の空によく映えている事に気付く。寒いと文句を言いながらも、何だかんだ待つのは嫌いじゃなかった。きっと必ず来る確証があるからなのかもしれない。変わった関係性は、待ち時間を豊かなものにさせた。今だって目を閉じれば相手の事ばかりだ。

「ピッタリのサイズになったね」

祖母が編んでくれたマフラーをようやくつけられるようになったのも変わった関係性のおかげなのかもしれない。何年も箪笥《たんす》の奥に眠っていたマフラーは大切に保管されていたためか新品同様の綺麗《きれい》さを保っていた。

結局、死は消えなかった。生きている限りいつか必ず訪れる。しかし、電車に轢《ひ》かれるシーンを回避してから、夢の中で私が死ぬ未来は見えなくなったらしい。死の理由のほとんどが、お互いを助けるためだったからだ。手を取り合って、見た予知夢を共有するようになった事で、お互いが気を付けるようになった。何とかなったのなら何よりだが、その予知夢のせいで出来てしまった不満がいくつかある。

クリスマスでも、バレンタインでも、私が計画したサプライズはことごとく予知夢のせいでばれていた。何とかして驚かせてやりたいと考えていたのに、見越した君は、見えてると言って微笑みながらサプライズを受け入れるのだ。その表情はいつものむかつく笑みではなく、喜びと愛しさからくるものだと分かっているから、責める気が無くなってしまうのだが、一回くらいぎゃふんと言わせたいものである。全てが見えているわけではないので、私には驚かされてばかりだと言っていたが、それでも、もっと驚かせて喜ぶ姿が見たいと思うのは、幸せな不満だろう。

ふと、小指の糸を撫《な》でた。あの日、君のポケットに大事に仕舞われていた糸をお互いの小指に結び直してから、糸の在り方は変わった。ボロボロの糸にはいくつもの結び目が出来ている。私と君しか見えないこの結び目は、私たちが喧嘩《けんか》をしてぶつかり合い、共に乗り越える度に出来ると気づいたのはつい最近の事だった。私は結び目を勲章と呼んでいる。二人で困難を乗り越える度、固くなる絆《きずな》を表しているみたいで嬉しかった。

糸が伸び始めている事に気付き立ち上がる。耳を澄まして鉄の扉の先から上って来る待ち人を待つ。大きな物音がして重たい扉が開かれた時、いつもと変わらない君がそこにいた。

「遅い」

「ごめん。捕まってて」

「だと思ったから連絡しなかったんですけどね」

頬を膨らませたのは小さな反抗だ。待つのは辛《つら》くなかった。だって来てくれると分かっているから。繋がった糸が相手の位置を知らせてくれるのは便利な機能だと思う。前までは煩わしいと思っていたのに、全部この人のおかげで変わってしまった。

「それと、これ取りに行ってた」

ポケットから出されたのはベルベットの巾着《きんちゃく》だった。一目でアクセサリーだと分かってしまった私は思わず硬直してしまう。

「え、何、何でこんな物買ってるんですか？」

「何でって今日誕生日じゃん。受験終わってから、叔父《おじ》さんの店で死に物狂いで働いたんだよ俺」

「道理でここ最近忙《せわ》しなくしてると思ったら……」

「イケメンで出来る彼氏の解人くんは、可愛い彼女のために身を粉にして働いてたんですよ。褒めて」

「それ自分で言うんですね、マイナスポイント」

「何でだよ」

苦笑した君は巾着からアクセサリーを取り出す。それはゴールドに輝くネックレスで、中心に一つだけ、赤い色の石が輝いていた。華奢《きゃしゃ》で控えめだが安くはないであろうそれを手に取った君は私のマフラーを外して、ネックレスをつけた。石を触って、にやけてしまったのは言うまでもないだろう。

「嬉しい？」

「嬉しいですよ、ありがとうございます」

「まあそんなに高い物じゃないんだけど」

「私はてっきり一人暮らしのための貯蓄をしてるんだと思ってました」

「ああ、それね。まあ、何とかなるよ」

「相変わらず適当」

大学を志望していた君は見事受験に合格し、四月から志望校に通う事が決まった。しかし、それは私たちが離れる事を意味していた。上京し、東京で一人暮らしを始める君を私は笑顔で送り出せずにいた。

「まだ心配してんの？」

頭をポンポンと叩《たた》いた君は、大丈夫だと呟《つぶや》く。分かってはいるのだ。けれど、今まで毎日のように会っていたから、突然会えなくなるのが怖いだけだ。きっと数ヶ月もすれば愛《いと》しい人が近くにいない日常に慣れてしまう私がいるだろう。

「連絡はするし、最低でも月一回は会いに行くつもりだし、逆に会いに来ないの？」

「行くかもしれません」

「何だよ、かもって」

笑った君はまたポケットを漁《あさ》った。その様子を見ながら、私も同じ大学に通う事が出来るか不安になった。君のおかげで進路が決まり、目標も定まったが、勉強は可もなく不可もなしと言った所で心配になってしまう。受験まで後二年弱も残されているから大丈夫だと君は言うが、心配なものは心配だ。

「もう一個誕生日プレゼント」

そう言って手の平に置かれたのは鍵《かぎ》だった。驚いて鍵と君の顔を交互に見れば、いつもの腹立つ笑みを浮かべていた。

「それ必要だから」

君が一人暮らしをする部屋の鍵だ。いつの間に合鍵を作ったのだろう。いつも驚かされてばかりだ。鍵を握り締めた私は、何だか悔しくなってあの日のように意地悪を言った。

「この後の未来が見えますか？」

あの日と同じ場所で、同じ台詞《せりふ》を口にする。目を見開いた君は微笑んだ。そして強い風が吹いて桜が散っていく。花弁《はなびら》が屋上に届いて、私たちの間にシャワーのように降り注いだ。

「見えるよ」

君は笑って腕を広げた。花嵐に目を細めながらも、続く言葉を待った。

「二年後、大学に合格したつむぎが、同じ部屋から一緒に大学行く未来が見える」

眉《まゆ》を上げて、どう？　と言い笑う君は花弁まみれで、まるで降り注がれた愛を具現化したかのようだった。その姿がおかしくて愛おしくて、笑った私はこう言ったのだ。

「それ、叶《かな》えてあげます」

広げた腕の中に飛び込んで、何度かクルクルと回った私たちはその場に倒れ込む。止まらない笑いが屋上に響き渡った。涙目になった目を押さえた時、君の手が頬に触れた。その手を包み込んで近づいてくる唇を待つ。しかし、触れる感触はなく、目を開けば君が笑っていた。腹が立った私はその唇に口づけようとするが、それは君の手によって制された。顔を上げて、私より早く口づけた君はこう言ったのだ。

「予知は外れた？」

本書は書き下ろしです。
この作品はフィクションです。実在の人物、団体等とは一切関係ありません。

紅《あか》い糸《いと》のその先《さき》で、

優衣羽《ゆいは》

令和2年 4月25日 初版発行

発行者●郡司 聡

発行●株式会社KADOKAWA
〒102-8177 東京都千代田区富士見2-13-3
電話 0570-002-301(ナビダイヤル)

角川文庫 22136

印刷所●株式会社暁印刷
製本所●本間製本株式会社

表紙画●和田三造

ISBN 978-4-04-109271-2 C0193

角川文庫発刊に際して

角川源義

第二次世界大戦の敗北は、軍事力の敗北であった以上に、私たちの若い文化力の敗退であった。私たちの文化が戦争に対して如何に無力であり、単なるあだ花に過ぎなかったかを、私たちは身を以て体験し痛感した。西洋近代文化の摂取にとって、明治以後八十年の歳月は決して短かすぎたとは言えない。にもかかわらず、近代文化の伝統を確立し、自由な批判と柔軟な良識に富む文化層として自らを形成することに私たちは失敗して来た。そしてこれは、各層への文化の普及滲透を任務とする出版人の責任でもあった。

一九四五年以来、私たちは再び振出しに戻り、第一歩から踏み出すことを余儀なくされた。これは大きな不幸ではあるが、反面、これまでの混沌・未熟・歪曲の中にあった我が国の文化に秩序と確たる基礎を齎らすためには絶好の機会でもある。角川書店は、このような祖国の文化的危機にあたり、微力をも顧みず再建の礎石たるべき抱負と決意とをもって出発したが、ここに創立以来の念願を果すべく角川文庫を発刊する。これまで刊行されたあらゆる全集叢書文庫類の長所と短所とを検討し、古今東西の不朽の典籍を、良心的編集のもとに、廉価に、そして書架にふさわしい美本として、多くのひとびとに提供しようとする。しかし私たちは徒らに百科全書的な知識のジレッタントを作ることを目的とせず、あくまで祖国の文化に秩序と再建への道を示し、この文庫を角川書店の栄ある事業として、今後永久に継続発展せしめ、学芸と教養との殿堂として大成せんことを期したい。多くの読書子の愛情ある忠言と支持とによって、この希望と抱負とを完遂せしめられんことを願う。

一九四九年五月三日

彼女の色に届くまで

似鳥 鶏

彼女は、天才画家にして名探偵――。

画商の息子で画家を目指す僕こと緑川礼《みどりかわれい》は、冴えない高校生活を送っていた。だがある日、学校で絵画損壊事件の犯人と疑われてしまう。窮地を救ったのは謎めいた同学年の美少女、千坂桜《ちさかさくら》だった。千坂は有名絵画をヒントに事件の真相を解き明かし、僕の日常は一変する。高校・芸大・社会人と、天才的な美術センスを持つ千坂と共に、絵画にまつわる事件に巻き込まれていくが……。鮮やかな仕掛けと驚きに満ちた青春アートミステリ。

角川文庫のキャラクター文芸

ISBN 978-4-04-108571-4

僕と彼女の嘘つきなアルバム

高木敦史

謎解きのヒントと青春を写真に閉じ込めて——。

自分の住む町に息苦しさを感じ東京の大学に進学した可瀬理久は、大好きな写真家・渡引クロエがかつて立ち上げたという創作サークルに入会。しかし廃部寸前で活動はほぼ0。気を落としていると「写真越しに目が合うと会話が出来る」不思議な力を持つ同い年の女の子・渡引真白と出会う。なんとクロエの娘だった。真白は会ったことのない父親を捜しているらしいが、そこにはとある事件が絡んでいて……。青春恋愛キャンパスミステリー！

角川文庫のキャラクター文芸

ISBN 978-4-04-107956-0